転生皇女は冷酷皇帝陛下に溺愛されるが夢は冒険者です！

akechi

Illustrator
柴崎ありすけ

登場人物紹介
ルシアード
アウラード大帝国の皇帝。
冷酷で他人への情を持たないが、
アレクシアに出会って変わっていく。
アレクシア
アウラード大帝国の第四皇女で、
大賢者アリアナの生まれ変わり。
明るくマイペースで悪戯好き。
白玉
大賢者アリアナの
従魔その1。
黒蜜
大賢者アリアナの
従魔その2。

???
大賢者アリアナを知る謎の男。
ローランド
キネガー公爵家の当主。アレクシアの母方の祖父で、冒険者でもある。
バレリー
モール侯爵令嬢。病に臥せっていたが、アレクシアに助けられる。
ロイン
アレクシアの伯父で、ルシアードの側近。サボりに厳しいお目付け役。

第一章　アレクシアと皇帝陛下《こうていへいか》

1　アレクシアは今日も元気です！

アレクシア・フォン・アウラード第四皇女《こうじょ》。現在三歳。

絹《きぬ》のように滑《なめ》らかで美しい黒髪を持ち、アウラード大帝国第十五代皇帝ルシアード・フォン・アウラードの燃えるような紅《あか》い瞳を唯一受け継いだ、天使のような美幼女だ。

（相変わらず可愛い）

鏡に映った自分の顔を眺めながら、他人事《ひとごと》のようにそう思うアレクシア。まだ幼い彼女からは酷《ひど》く達観した様子が窺《うかが》える。それもそのはずで、アレクシアは前世の記憶を持って生まれたのだ。

アレクシアの前世は大賢者《だいけんじゃ》と呼ばれたアリアナという女性だった。約五百年前の時代に生き、数々の伝説を残した偉大なる人物ではあるが、禁忌《きんき》とされている魔物との契約を行《おこな》ったことで、一部では邪悪な者だったとも伝わっている。

そんなアリアナ、もといアレクシアの部屋はただただ広いだけで、皇族としては考えられない程の殺風景であった。薄汚れた簡易なベッドと草臥《くたび》れた机と椅子が置いてあるのみで、クローゼットにかけられた数着のドレスはとても古くて質素なものだ。

「皇女様、早く着替えてください！　私達も忙しいんですよ！」

扉をノックすることも挨拶《あいさつ》すらもなく、ずかずかと我が物顔で入ってきた女官達は、皇族であるアレクシアに対して怒鳴り散らす。

彼女達はアレクシア専属の女官だが、掃除や食事、世話などの仕事をほとんどせずに、アレクシア用に与えられている養育費を使い込んでいた。そしてアレクシアもまたそれを知っている。

「自分でしましゅよ」

まだ舌足らずなのは成長を持つとしよう。

「ならそう言ってくださいな！　あー無駄な時間ね！」「本当よ！」「行きましょう！」

散々悪態《あくたい》を吐《つ》いてから、女官達は足早に出ていった。

（本当に呆れる）

アレクシアは溜め息を吐くと、部屋の端に置いてある古びた箒《ほうき》を引きずるように持ち、覚束《おぼつか》ない足取りでクローゼットまで歩いていく。箒を上手くクローゼットの取手に引っ掛け、慣れた手つきで器用に開けた。それから薄汚い紺色《こんいろ》のドレスを引っ張り出して一人で着替える。

だが、嬉しいことに、ここからは自由だ。普通の皇族ならあり得ないことだが、この部屋には夜まで誰も来ないので、アレクシアは窓からふわりと浮遊魔法で飛び立つ。

目的地は、手練《てだ》れの冒険者でも入るのを躊躇《ちゅうちょ》する〝深淵《しんえん》の森〟。しかし、危険な一方で実に良い狩り場であり、冒険者ギルドでもこの森で獲《と》れた魔物は高く売れる。彼女はこの森での狩りを日課にしていた。

　アレクシアにとって、〝深淵の森〟は慣れ親しんだ地だ。生まれてすぐに、とある事情で実母の不興《ふきょう》を買った彼女は、一度はこの森に捨てられた。

　そこで悲劇にも短すぎる生涯《しょうがい》を終えるはずだった。だがアレクシアは前世の記憶を思い出し、生き延びた。

「お金を早く貯めましゅよ！」

　そう張り切って、鼻息荒く森に入っていくアレクシア。幼く見えても彼女は冒険者だ。実母も女官も頼れない彼女は、この森で狩った魔物を冒険者ギルドに売り、その貯金で独り立ちするのを夢見ていた。


　少し森を散策したところで、アレクシアは異変に気付いた。

　今日の森は何故か静かだ。いつもなら、敢《あ》えて魔力を抑えているこの幼子を狙って魔物が襲ってくるはずなのに、未だに一匹も現れない。

（魔物が怯《おび》えてる？　それに……信じられないくらいの膨大な魔力を感じる）

　アレクシアはその魔力を辿《たど》り、浮遊魔法を使って森の奥深くへどんどん進んでいき、膨大な魔力を感じた場所に到着する。そこには一人の男性が魔物の亡骸《なきがら》の山と共に立っていた。

　そっと男性の傍にある大木の枝に腰掛け、見下ろす。

（おお～、や、や、やっぱりいい男）

絹のような黒髪を後ろで纏《まと》め、紅い瞳が神秘的で、精悍《せいかん》な顔つき。まさに誰もが振り返るであろう絶世の美青年だ。今は、その容姿に似合わない、全身血塗《ちまみ》れのおぞましい姿なのだが。

「あれが実物の皇帝ルシアードでしゅか……」

アウラード大帝国第十五代皇帝ルシアードは、歴代最強の皇帝と謳《うた》われている。

数々の戦《いくさ》に最短期間で勝利する指揮能力。SS級の魔物すら簡単に倒してしまう圧倒的な強さ。悪政を行っていた先帝である父親を自ら討ち取り、政権を立て直して国を豊かにした知性。

それらを併《あわ》せ持つ偉大な人物だが、人格には難があった。家族というものに一切興味がないらしく、たとえ身内でも容赦なく殺すであろう冷酷さがこの男からは滲《にじ》み出ている。

それはアレクシアが母に捨てられたこととも繋がっていた。

ルシアードには、皇妃《こうひ》と三人の側妃《そくひ》がいる。皇妃との間には皇子が一人と皇女一人、側妃達との間にも皇子が一人、皇女が二人いた。

アレクシアの母は、キネガー公爵家《こうしゃくけ》出身のスーザン第三側妃。母親である彼女は跡継ぎになり得る皇子でなかったアレクシアを〝失敗作〟と呼び、死産と報告した上で無情にも捨てた。すでに皇女が三人もいる以上、夫の寵愛《ちょうあい》を受けられるとは思えなかったのだ。

森で生死の境を彷徨《さまよ》っていた時に前世のことを思い出していなかったら、アレクシアはもうこの世にはいなかっただろう。森から死ぬ思いで戻り、居室で眠っていた彼女を見つけた時の女官達の悲鳴は、今でも忘れられない。

気味悪がったスーザン妃は処分を諦《あきら》め、アレクシアを後宮の一室にそのまま置くことにした。ただし、死産の報告を撤回することはなく、女官達に費用だけ与え、養育の全てを任せるという形で。アレクシアが本当の力を使えば、スーザン妃や女官など一捻《ひとひね》りだ。だが、精神年齢が遥か下の彼女達相手に大暴れしようとは思えず、表面上は言うことを聞くという暮らしを選んだのだった。あと三年、六歳になったら出ていこうと思っていた。

一応、父親であるこの男、ルシアードのことは、気配を消して忍び込んだ皇宮で一度だけ見たことがあった。他者を寄せ付けない圧倒的な冷たい存在感を放っていた。何となく腹が立ち、石を投げて逃げた記憶がある。

「……誰だ」

ルシアードの冷たい視線が大木をなぞる。

(やばい……気配を消してなかった)

「出てこい」

アレクシアは意を決して、大木の上からふわりと降りていく。

まさかこんな幼子だとは思っていなかったルシアードは、さすがに驚いて目を見開く。そしてこの幼子が自分とよく似ていることに気付いて更に驚く。

「お前の名は何と言うんだ?」

冷酷な皇帝を恐れもせずに、真っ直ぐに見つめる幼子。

「……アレクシアでしゅよ」

「アレクシア………確かそんな名の子がいたな、母は誰だ?」

「スーザン妃でしゅ」

「ああ……あの女狐《めぎつね》か。だが確か、あの女との子は死産だったと報告を受けたが？」

嫌悪感を露《あら》わにしながら話すルシアード。

（おいおい、子供の前で堂々と……）

内心呆れつつもアレクシアは訂正する。

「この通り生きてましゅ！」

「……何故森にいるんだ？　捨てられたか？」

ルシアードはアレクシアの薄汚れたドレスを見てそう推測する。

「違いましゅ！　魔物を狩りに………はっ！」

「お前が魔物を狩るだと？」

「そうでしゅよ！　生きるためでしゅ！」

訝《いぶか》しげな視線を送られながらも、アレクシアは開き直って胸を張り、堂々と宣言する。まともな食事も与えられない環境を作ったのは、ルシアードが原因でもあるからだ。後宮には用がない限り一切足を踏み入れない、政務以外は子供達にも会わない、完全に最低な父親であり夫だ。

（あの時に石だけじゃなくてパンチも食らわすんだった！）

ぐぐぐ、と拳《こぶし》を握りしめて悔しがるアレクシア。

「生きるためだと？　……お前のその格好……」

ルシアードは、皇族とは思えない薄汚れたドレスをまじまじと見る。

「お前じゃないでしゅ！　アレクシアでしゅよ！」

「む。アレクシア、お前は魔物を食べるのか？」

「食べましゅ！　凄《すご》く美味《おい》しいんでしゅよ！」

アレクシアは肉汁滴《したた》るステーキを想像して涎《よだれ》を垂らしながら話す。

ルシアードは、そんな娘が気になって話を続けた。

「何が一番美味《うま》いんだ？」

「ジャイアントボアでしゅよ！　あぶりゃみがたまりましぇん！」

評論家のようにジャイアントボアの肉について説明する幼い娘を見て、不思議な気持ちになるルシアード。アレクシアは他の皇子や皇女とは何かが違う。三歳らしからぬ物言いがそう思わせるのか、それとも別の何かが理由なのか……

自分の感情をどう表現すれば良いのか分からず、むず痒《がゆ》い気分だ。少し沈黙した後、ルシアードは口を開いた。

「……そうか、よし狩るぞ。アレクシア、お前も出来るか？」

「当たり前でしゅよ！　どちらが多く狩るか勝負でしゅよ！」

やる気満々のアレクシアは無い袖口を捲《まく》る仕草をする。

「ふっ……良いだろう。三十分後にここで会おう」

「いいでしゅよ！」

そう言うと、二人とも瞬時に消えた。そして〝深淵の森〟では二人による一方的な蹂躙《じゅうりん》が始まり、あちこちで爆発音が鳴り響くことになったのだった。

†

そして三十分が経ち——

「俺の勝ちだな」

「ぐぬぬ！」

悔しそうに、ルシアードの狩ったジャイアントボアを何回も数え直すアレクシア。

一頭差でルシアードが勝利したこの場には、ジャイアントボアの亡骸が大量に積み重なっていた。

その中には滅多《めった》にお目にかかれない一際《ひときわ》でかい変異種も交ざっているが、二人はそんなことを気にしない。

「アレクシア、お前も収納魔法が使えるのか？」

ルシアードは、アレクシアがジャイアントボアを亜空間《あくうかん》に仕舞うのを見て驚いている。収納魔法は魔力が多いごく一部の者しか習得出来ない。この魔法が使えない富裕層や商人、そしてベテラン冒険者はマジックバッグを持っている。

「ふん！　当たり前でしゅよ！　それより早く血抜きして解体しましゅよ！」

「ああ、本当に食べるのか？」

「ククク……食べないと後悔しましゅよ？」

「お前、本当に子供か？　……近くに川があるからそこで解体するか」

極悪商人のような顔をする幼子に呆れながらもルシアードが川へと促す。

「自分のは自分で解体してくだしゃいね！」

そう言うとジャイアントボアを次々と収納して、さっさと浮遊魔法を使って川に急ぐアレクシア。

その後ろを、ルシアードは心なしか楽しそうに追い掛けていったのだった。


森に流れる大きな川に着くと、今度はどちらが早く解体出来るか勝負することになった。

今のところ、解体の経験が豊富なアレクシアが有利に進めている。幼子とは思えないスピードでジャイアントボアを、亜空間から引っ張り出した大ぶりのナイフで器用に捌《さば》いていく。

それを唖然と見ていたルシアードも、負けるわけにはいかないと解体に戻った。

「やりましゅね……」

「お前もな」

笑い合いながら魔物を解体している美しい幼子と美青年の姿は、とても異様で恐ろしい。二人は黙々《もくもく》と捌いていき、今度の勝者は……

「勝ったでしゅ！」

万歳《ばんざい》しながら喜ぶアレクシアと、呆然と立ち尽くすルシアード。今まで負けとは無縁の人生を歩んできて、初めて負けた相手が幼い我が子だった。

「俺が負けただと……しかもこんな幼子に」

「これで引き分けでしゅね！」とドヤ顔で言うアレクシア。

「お前は一体何なんだ？　普通の子供じゃないのは確かだが、特に魔力量が異常だ。俺を遥かに上回っている」

「天才なんでしゅよ！」

アレクシアは更にふんぞり返りながらまたもドヤ顔で答えた。

「何か腹立つ言い方だな……まぁ俺の子だから天才なのは当たり前だがな」

「何か腹立つ言い方でしゅね……」

二人は互いに見つめ合うと、つい噴き出してしまう。

やはりアレクシアと話していると、自分が自分でなくなるような感覚になる。ルシアードはそれを確かに感じていた。

「アレクシア、これをどう料理するんだ？」

「う～ん……今日は贅沢《ぜいたく》にステーキにしましゅか」

そう言うと、アレクシアは亜空間から液体の入った瓶《びん》と、黒い粒《つぶ》が入った瓶を取り出した。

「……父上は枝を集めて火をちゅけてくだしゃい」

「その瓶は何だ？」

「ステーキにかけるソースと塩胡椒《しおこしょう》でしゅ！　ソースはシアの手作りでしゅよ！」

「……味見していいか？　毒耐性はあるんでな」

「失礼でしゅね！　後でギャフンと言わせましゅから！」

プンスカ怒りながらも瓶を渡すアレクシア。

ルシアードはそれを受け取ると、警戒しつつ味見する。だが、口に含んだ瞬間、マイルドな甘さと何とも言えない香《こう》ばしさが口の中に広がり、食欲を掻《か》き立てる。我慢が出来ずにもう一度口に含み、その味を噛み締める。

「どうでしゅか、美味しいでしょ！」

「ああ、皇宮でも食べたことのない味だ。美味い。これを肉にかけるんだな？」

アレクシアがドヤ顔で頷くと、ルシアードは風魔法を使って急いで枝を集めてそこに火をつけた。

アレクシアは鉄のプレートを出して油を引き、塩胡椒で下味を付けた柔らかいジャイアントボアの肉を焼き始める。

「いい匂いでしゅね〜」

そう言うアレクシアのお腹から可愛い鳴き声が聞こえてきて、ルシアードはつい笑ってしまう。

「確かにいい匂いだ」

アレクシアに代わって肉を焼き始めたルシアードは、この日初めて会った娘を見つめる。今まで誰かに興味を持ったことはなかった。たとえそれが実の両親でも兄弟でも。周りは敵だらけだったから仕方のないことだろう。次期皇帝争いの中で何人もの死を見てきたが、何も感じることはなかった。

先帝である父親や兄弟を殺《あや》めた時も特に感情が湧くことはなく、そして国の安定のために義務として政略結婚も受け入れた。子供が出来ると、義務を済ませたとばかりに後宮にも行かなくなった。我が子が死産だったと報告を受けても何も思わなかった。

人々が言う通り、自分は冷酷で、人格破綻者《はたんしゃ》なのだとずっと思い込んでいた。

そんなルシアードが、人生で初めて興味を持ったのが、目の前で涎を垂らしながら肉が焼けるのを待つ、死産とされていた娘アレクシアだった。

「そういえば何故森にいたんだ？」

「……生きるためでしゅよ」

暫《しばら》く黙っていたが、渋々《しぶしぶ》話し出すアレクシア。

「生きるためだと？　……確かお前は死産にされていたな」

「シアは母上に一度も会ったことないでしゅよ？」

「何故だ？　では女官が面倒を見ているのか？」

「……生まれてからずっと一人でしゅよ」

ルシアードの表情はピクリともしないが、内心では衝撃を受けていた。赤子の頃から今に至るまで一人で生きてきたなど、普通はあり得ないことだ。ルシアードとて、赤子の頃は周囲の庇護《ひご》なしでは暮らしていけなかったのだから。

「あっ！　焼けまちたね！」

そんなルシアードを気にすることなく、目の前の肉に夢中なアレクシア。

「……ああ、ナイフがあるから俺が切ろう」

アレクシアはお皿を出すと待つ体勢をとった。ステーキを切り分け終えるまではまだ時間があるのに、じっと待っている。

そんな健気な娘を目の端で捉え、口元を僅かにほころばせるルシアード。最後にあの特製のソースをかけてステーキが完成した。

「では、頂きましゅよ！」

「ああ」

ルシアードは初めての魔物肉を口に含む。

「む、美味い。柔らかくて肉汁が口に広がる。それにこのソースが肉に絡まりたまらないな」

「うん！　相変わらず美味しいでしゅねぇ！」

二人は評論家のような感想を言い合いながらも、どんどん食べ続ける。

「お前……その小さい体の何処に入っていくんだ？」

「乙女のひみちゅでしゅよ」

「ぶっ……何言ってるんだ」

あの冷酷皇帝が意外に饒舌《じょうぜつ》で常識人なのを知って、アレクシアは内心驚きつつも笑顔で話を続けた。

和気あいあいと食べ進めて、徐々に落ち着いてくると先程の話になる。

「俺は後宮に興味がない。だからお前のことも知らなかった。すまなかった」

「いいでしゅよ……シアもあそこは嫌いでしゅから。でも女官の教育はちゃんとしないとだめでしゅよ！　後宮中が香水臭《くさ》いでしゅ！」

「ああ……あれは強烈だな」

「鼻がもげましゅ」

臭《にお》いを思い出してついつい顔をしかめながら頷き合う親子。この光景を見ると、ただの似た者親子だ。

それから二人は、たびたび森で会うようになった。魔物狩りを競ったり、川釣りを楽しんだり……

ルシアードは一見無表情だが、その奥には人間らしい機微《きび》があり、民を思いやる気持ちもある。

アレクシアはそれを感じ取れるようになっていった。


二人が出会ってひと月が経った頃。いつものように魔物を食べ終わったところで、アレクシアが切り出した。

「さて、もうそろそろ帰らないと、見つかったら煩《うるさ》いでしゅ」

珍しく魔物狩りの決着がつかず、ついつい長居してしまったのだ。茜色《あかねいろ》の空を見上げてルシアードが言う。

「よし、今日は送ろう。もう遅いからな」

あまりに父親らしい発言に一瞬言葉が出なかったが、アレクシアは何とか絞り出す。

「……………どちらが早く着くか競争でしゅよ！」

「良いぞ！」

二人は不敵な笑みを浮かべると、浮遊魔法で空に浮き上がり猛スピードで皇宮に飛んでいったのだった。

2　後宮での断罪《だんざい》

「何なんだこの部屋は」

僅差《きんさ》で先に到着したルシアードは、窓からアレクシアの部屋を見て酷く驚き、そして激しい怒りに駆《か》られた。

ルシアードの言葉には後宮への怒りだけでなく、彼らの横暴を許していた自分の怠慢《たいまん》への後悔も滲《にじ》んでいた。

「ここまでとは……これが皇女の住まう部屋か」

「意外と快適でしゅよ。掃除が大変でしゅから、もっと小さい部屋でいいんでしゅが……」

アレクシアは先に窓を開けて、部屋に入っていく。

ルシアードは思っていた以上の惨状に唖然としながらもあとに続いた。

二人が歩くたびに埃《ほこり》が舞い、部屋は微《かす》かにカビ臭い。そして近くにあった古臭いクローゼットを何気なく開けると、古びて薄汚れた簡素なドレスが数着あるだけで、他には何もない。アクセサリー類は一切なく、靴もくたびれたものが数足あるだけだ。とても皇女が住まう部屋ではない。

この部屋は後宮で働く女官達の部屋より酷いかもしれない。

「……皇族も虚仮《こけ》にされたものだな」

「まぁまぁ、落ち着いてくだしゃい。椅子はこれしかないのでこれに座ってくだしゃい」

そこにポツンと置いてあったのは、埃を被った古ぼけた椅子だった。

「アレクシア……お前は冷静すぎる！」

「生まれた時からでしゅから、もう慣れてましゅ」

そう宥《なだ》めながらも、アレクシアは戸惑っていた。ここまでルシアードが怒るとは思わなかったのだ。

それは彼自身にとってもそうで、今の感情をどう表現すれば良いのか分からないでいる。きっと、誰かのために怒るということ自体が初めてなのだ。大賢者アリアナとしての直感がそう告げていた。

すると、廊下から複数の人の気配がした。

「女官か」

「そうでしゅ。一応気配を消してくだしゃいね」

「何故だ!?」

「女官の本性を知りたくありましぇんか？」

「………そうだな」

ルシアードは納得すると冷静になり、一瞬で気配を消した。姿は部屋の隅にあるのに、いることを悟らせない術だ。

それと同時にドアが荒々しく開き、例の専属女官達がふんぞり返って入ってくる。

「あー！　埃臭い部屋ね！　ほら、ご飯ですよ！」

女官は持ってきた食事を机に放り投げるように置く。それは硬そうなパンと水で薄めたスープのみの、囚人《しゅうじん》以下の食事だった。

「ありがとうございましゅ」

「ちゃんと掃除してくださいよ、埃臭いったらしょうがない！」「そうよ！　悪魔の子が！」「行きましょう！　呪《のろ》われるわ！」

アレクシアはチラリとルシアードを見る。

（ああ、限界か）

いきなり部屋が揺れ始めて、窓ガラスが一瞬にして全て割れた。アレクシアはルシアードがかけてくれた防御魔法で守られたためか破片《はへん》は当たらないが、女官達には容赦なく飛んでいく。

しかし、女官達の悲鳴はガラスの破片のせいではない。目の前に、いるはずのない人物が立っていたからだ。

「こ……皇帝陛下⁉」

震えながらも急いで平伏《ひれふ》す女官達だが、顔や腕にガラスの破片が刺さり痛々しい。

「誰が声を出して良いと言った？　全て見ていたぞ。皇女に対する無礼の数々……許されると思うなよ。何が死産だ、こんなに図太く生きているではないか？」

「おい！　図太いは余計でしゅ！」

恐ろしい程の威圧感で怒りを露わにするルシアードに、女官達はガタガタと震えている。アレクシアがいるので言い訳は出来ない状況だ。故に自分達の恐ろしい未来が想像出来たのだろう。

「死産であった子のために使う公金はどうした？　今正直に答えておいた方が身のためだぞ」

死産した子のために、葬式《そうしき》費用として多額の公金が支払われているはずなのだ。

「あ……ス、スーザン様が自由に使えと仰《おっしゃ》って……………その……」

「まさか、アレクシアに使わずにお前達が使ったのか？」

「はい……申し訳ございません！」「申し訳ございません！」

「はっ！　まだ許されると思っているのか？　卑《いや》しい者共が！」

ルシアードは剣を抜く。女官達は恐怖の余り失禁《しっきん》して倒れてしまった。それと同時に、騒ぎを聞きつけた後宮の衛兵が二人飛び込んでくる。

「何事だ、煩《うるさ》いぞ！」

「おい、ここ、例の悪魔の部屋だぞ！」

〝悪魔の子〟。アレクシアに付けられた名だ。スーザン妃の宮《みや》では決して死なないこの幼子をそう呼んで、ごく一部の者以外は絶対に近付かなかった。

悪態を吐きつつ部屋に入ってきた兵士達を待っていたのは、剣を抜いて立っているアウラード大帝国の皇帝だった。

「嘘《うそ》だろ……」

衛兵達は信じられない光景に頭が追いつかない。

「何が嘘なんだ？　俺が後宮にいたらおかしいのか？」

「あ……その……」

「無理に話すことはない。今、俺自身が、お前達の皇女に対する無礼を目撃したからな」

アレクシアはその光景を冷めた目で見ていた。皇帝と森で出会うことがなくても、三年後にはこの後宮を出ていたはずだ。だが、奇妙な縁で、父親であるルシアードと出会い、今に至っている。

（こいつらの運は尽きたってことか。同情は出来ないけどね）

「アレクシア、部屋を出ていろ。ここはもう使えなくなる」

「了解でしゅ」

アレクシアは覚束ない足取りで部屋を出ていこうとするが、一つ問題が発生する。

「父上、ドアを開けてくだしゃいな。シアはドアから出たことがないんでしゅよ」

「む……そうだな。お前はまだ幼子だったな」

ルシアードがドアを開けてやるために衛兵達に背を向けると、ここで死を迎えたくない彼らは愚《おろ》かにも最悪の手段に出る。

「死ねぇぇぇーー！」

剣を抜き、背後からルシアードに素早く斬りかかる。だが、歴代最強の皇帝に敵うはずもなく、最初に斬りかかった男の首が簡単に飛び、ボールのようにコロコロと転がる。

「ヒィ！」

残ったもう一人の兵士は仲間の死を見て一気に戦意を失う。ルシアードの剣から新鮮な血がポタポタと滴《したた》り落ちている。

「アレクシア、すぐに終わらすから外で待っていろ」

（普通の子供が見たらトラウマ確定ね）

アレクシアは苦笑いをしながらも頷き、ドアの外へ出ていった。

彼女が出てすぐに、部屋の中から女官達のおぞましい悲鳴が聞こえてくる。待てと言われたアレクシアがドアの横にちょこんと座っていると、この異常な騒ぎに他の宮の女官や衛兵、そしてある人物がこちらに向かってくる。

「何の騒ぎなの⁉」

金髪に淡《あわ》いグリーンの瞳の美女が、高級そうな寝間着姿でこちらに歩いてくる。アレクシアの推測では、この人が母親であるスーザン妃だろう。

(自分の母親を推測する羽目になるとはね……)

生まれてから一度も会ったことのない母親との対面だ。さて、どうなることやら……

アレクシアを見たスーザン妃は、あからさまに顔を歪《ゆが》める。

「お前……まだ生きてたの」

「お陰様で何とか生きてましゅね」

まだ幼いはずなのに大人びた受け答えをするアレクシアを不気味に感じ、スーザン妃は顔色をがらりと変える。

「……この騒ぎは何なの、中で何が起こっているの！　答えなさい！」

「自分で見てくだしゃい。シアはここで待っててと言われていましゅから」

アレクシアがそう答えた瞬間、頬に衝撃が走り、叩かれたのが分かった。思い切り叩かれたのだろう、衝撃に耐えられず、横によろめき倒れてしまう。

「生意気な子ね」

無表情で我が子を見下ろすスーザン妃には、情の欠片《かけら》もない。この宮の女官や衛兵達は当たり前に見て見ぬふりをしているが、他の宮の女官は酷く驚いていた。アレクシアはよろよろと立ち上がるとまたドアの脇にちょこんと座る。

その行動に腹を立てたスーザン妃がまた殴ろうと手を振り上げた時、部屋のドアが荒々しく開いた。

皆が注目する中、暗闇から出てきたのは彼らの想像を遥かに超える人物だった。

「陛下!?」

驚きを隠せないスーザン妃は呆然と立ち尽くしているが、女官達は一斉に平伏し、兵士達も急いで跪《ひざまず》いていく。ルシアードがこの場にいることも驚きだが、その姿、その光景に皆が震え上がる。

ルシアードは全身血塗《ちまみ》れで、剣からは生々しく鮮血が滴り落ちている。そして左手には、先程まで一緒に仕事をしていた女官の首が無惨《むざん》にも握られている。

その悍《おぞ》ましい光景に複数の女官が気絶してしまい、兵士達はこの状況を見てガタガタと情けなくも震えている。スーザン妃はあまりの惨状に吐き気を催《もよお》してうずくまる。

「何の騒ぎだ」

「あんなに叫び声がしゅれば集まりましゅよ」

恐ろしい存在感を放つ皇帝ルシアード相手に普通に会話するアレクシアを見て、驚愕する一同。

特に母親であるスーザン妃は、蔑《ないがし》ろにしてきた娘が皇帝と親しげなことに驚きと焦りを感じる。

「アレクシア……その頬はどうした――」

「陛下！」

娘の頬が腫《は》れていることに気づいたルシアードは、持っていた首をゴミのように放り投げて、アレクシアに近付こうとした。だが、スーザン妃が彼の行く手を阻《はば》む。

「この娘に近付かないでくださいませ！　この子は呪われているのです！」

自分の娘を忌々《いまいま》しそうに指差しながら訴えるスーザン妃。

「……お前、呪われているのか？」

「知りましぇんよ」

馬鹿正直に質問するルシアードに、アレクシアは呆れるしかない。

「この子の周りで次々に人がいなくなるのです！　実際にこの子の護衛の者や女官が行方《ゆくえ》不明になっています！」

「そのような報告はなかったぞ？　いや、確か死産と報告を受けたが？」

スーザン妃を鋭《するど》く見るルシアード。

「それは……」

あからさまに目が泳ぐスーザン妃。

話にならないとばかりに、ルシアードは娘に視線を向けた。

「アレクシア、どうなのだ？」

「何人かがシアを殺そうとしたから返り討ちにしまちた」

「だそうだ。何か問題でもあるか？　自分の身を自分で守っただけだ」

「そんな……この子の言っていることを信じるんですか!?　まだこんなに幼いのに、そんなことが出来るわけないです！　そうよ！　死んだのに生き返った悪魔憑《つ》きなんです！　だから隔離《かくり》してたんです！」

今度は自分の娘を悪魔憑きにするスーザン妃。

「そんなことよりも、誰がアレクシアに刺客《しかく》を送ったかが問題だ」

そう言うルシアードの冷酷で無慈悲な瞳が、スーザン妃を捉える。

「わ……私の方でも調べていますが他の側妃が怪しいですわ！」

「そうか？　この子が生きていると知っている者がいたとは思えんが。では、俺の方でも徹底的に調べよう。娘が殺されそうになったんだ、容赦はしないつもりだ。今からスーザン妃及《およ》び専属女官と兵士を尋問《じんもん》する。既にお前達には追跡魔法を掛けた、逃げようなどと思うなよ？」

その途端、スーザン妃や女官、兵士達の首に赤い紋章《もんしょう》のようなものが浮かび上がる。そしてルシアードは、小さなアレクシアを優しく抱き上げ、後宮を出ようと歩き出した。そんな父の襟《えり》を、アレクシアは引っ張った。

「父上、シアは皇女でしゅから、勝手に後宮から出ちゃいけないはずでしゅよ」

「そうなのか？　何処ぞの皇女が森で狩りばかりしていたから、出入り自由だと思っていたが」

「………何でもありましぇん」

生意気な娘に微笑むルシアード。

そんな光景を血走った目で睨《にら》み付けるスーザン妃は、信じられない思いでいた。誰にも何の感情も抱かない冷酷無慈悲でいて、なのに誰もが引き寄せられる魅力を持つルシアード皇帝。

誰にも同じ冷酷な態度だから耐えられた。それ程までに彼を愛していた。少しでも興味を持たれるように皇子をと願ったが、失敗作が生まれてしまい絶望した。だから捨てた。失敗作なら死んでも良いと、いや、むしろ死を望んだのだ。

「あんな彼を……見たことがない……何でよ！　何でよ！　何で娘なの！　悔しい悔しい悔しい悔しい！　死ね死ね死ね！」

手が血塗れになっても、狂気の如く地面を叩き続けるスーザン妃。そんな彼女を誰も止められずに見ているだけだった。

3　皇帝と暮らします!?

後宮を出るまでにも湧いて出てきた野次馬は、ルシアード皇帝がいることに酷く驚いては急いで平伏し、その皇帝が大事そうに抱えている人物を見ては更に驚愕する。皇妃や各側妃付きの女官達は今から主《あるじ》に報告に行くのだろう。皆慌ただしくしていた。

後宮を出て、血塗れのまま、隣り合う皇宮に堂々と入っていくルシアード。アレクシアは興味深くキョロキョロと忙《せわ》しなく辺りを見回している。

「どうだ、ここが皇宮だ」

「迷子になりそうでしゅね……それにあの絵とか売ったらお金になりそうでしゅね」

「む……感想が独特だな」

「父上、そんなことより、シアまだ幼いから眠いでしゅ」

「ぶっ……部屋に案内する」

自分で自分を幼いと言う娘を見て笑ってしまうルシアード。自然と笑っている自分にまだ気付いていない。

「あい……」

ルシアードに抱っこされながら目を擦《こす》る、ルシアードにそっくりな幼女。

皇宮の女官や従者、それに兵士達は、あの皇帝陛下が楽しそうに話している光景も、彼の全身が血塗れなのに幼子が泣き声一つ上げない様子も、確かに見ているが頭が追いつかない。

ルシアードは煌《きら》びやかな階段を上り、長い廊下を奥まで歩いていくと巨大で重厚な扉の前に着いた。

「今日は俺の部屋で寝ろ。明日には部屋を用意する」

「あーい」

うとうとしながらも返事をするアレクシア。ルシアードが扉に手を翳《かざ》すと、複雑な術式が浮かび上がり鍵が開く音がする。そのまま室内に入ると、そこにはアレクシアの想像を絶する光景が広がっていた。

落ち着いているが高級感が滲み出ている家具に絵画、そして大人五人がゆったりと寝られるサイズのベッドが存在感をアピールする。

「おお！　嫌味ってくらいに凄い部屋でしゅね」

「そうか？　広すぎて落ち着かん」

「部屋を探検したいでしゅが……眠いでしゅ……」

「ああ。だが血塗れだな、風呂は……」

「【クリーン】」

アレクシアが唱えると、二人とも綺麗な状態になっていた。

「お前……まぁいい」

完全に眠ってしまった娘をベッドに寝かせて、自分も着替えて横になるルシアード。今までは寝る前に酒を飲まないと眠れなかったが、何故か今日はそのままでも眠れそうだった。

†

皇宮のとある一室で、一人の少年が声を上げた。

「父上が幼子を連れてきた？」

「はい、とても大事そうに抱えていらっしゃいました」

書類から目を離して、報告してきた側近を見る少年。煌めく金髪に淡いピンクの瞳の、十代前半くらいの中性的な顔立ちだ。

「興味深いね、あの冷酷無慈悲な人が幼子をねぇ……。自分で見て確かめないと信じられないね。

それでその幼子の情報は？」

「アレクシア・フォン・アウラード第四皇女。年齢は三歳。母親はあのスーザン妃です」

「アレクシア？　聞いたことないな……スーザン妃の子供は死産と聞いていたが、恐ろしい女だね。まぁ、明日様子を見に行ってこよう」

少年は楽しそうに笑うと、また書類に目を通し始めた。

†

翌日。鳥の囀《さえず》りで目を覚ましたアレクシアは、ここが皇帝の部屋だと思い出してニヤリと笑う。

(金目のものを探すチャンス)

横で眠るルシアードを見ると、小さく寝息を立てている。アレクシアはベッドからそっとずり落ちるように降りると、絵画や壺《つぼ》を値踏みしたり、クローゼットを風魔法で静かに開けて我が物顔で金品を物色したりするが、中々思うような品が見当たらない。

「宝物庫にあるんでしゅかね」

「何がだ？」

「金目のもので……はっ！」

アレクシアが恐る恐る後ろを振り返ると、いつの間にかルシアードが腕を組んで立っていた。その姿はまるで美しい彫刻《ちょうこく》のようだ。

「……あっ、おはようごじゃいましゅ」

「ああ、おはよう。お前、金に困っているのか？」

「はい。困っていましゅ、お金くだしゃいな！」

堂々と言うアレクシアに驚き、何故かそれが可笑しくて僅かに微笑むルシアード。彼にとってそれは満面の笑みであった。

「後で金貨を用意しよう。お前に支払われなかった養育費代わりだと思え」

「本当でしゅか！　ああ、お父上～！」

金貨と聞いて目を輝せる幼子に、ルシアードは苦笑いする。

「腹が減っただろ？　朝食を食べに行こう」

「あい」

「……あのソースはあるか？」

「気に入りましたね？」

「あれは病み付きになる味だ」

アレクシアとルシアードは頷き合う。やはり似た者親子だ。

「お前の服も用意しないとな」

「魔物狩りに行くので動きやすい服でお願いしましゅ」

「また行くのか？　……よし俺も行こう」

それを聞いてアレクシアがルシアードに話しかけようとした時、扉がノックされる。

「誰だ？」

今までの声色から打って変わって、いきなり冷たい声になるルシアード。微妙な声の違いだがアレクシアにはそれが分かった。

「僕です、開けてください」

子供の声だ。

「何故だ？」

「話したいことがあります」

「急用でないなら仕事の時に聞く」

「………アレクシアの件です」

その言葉に反応したルシアードが、ドアの前に行くと術式が浮かび鍵が開く音がする。そしてそのドアを開けると、そこには絶世の美少年が立っていた。

4　皇太子とアレクシア

（綺麗な子供だな）

アレクシアは少年を見上げている。

少年もまたアレクシアの姿を見下ろして驚く。

「うわぁー、本当に父上にそっくりだね」

「一応親子でしゅからね」

ルシアードをチラッと見ながら答えるアレクシア。

「む。一応って何だ」

「まだ実感がありましぇんよ」

「俺はお前の父親だ」

こんな幼子にむきになっている自分に驚くルシアード。

「それは知ってましゅよ」

二人の会話を静かに聞いていた少年が突然笑い出した。

「この少年はどうしたんでしゅか？」

「俺もわからん、頭でも打ったか？」

二人の似たような反応に、これまた興味津々の少年。

「失礼ですね、あー面白いものを見たなぁ！　まさかこんなに面白……可愛い妹だと思わなくてさ！」

「今、面白いって言おうとしまちたね」と少年をジト目で見るアレクシア。

「それに父上とここまで打ち解けているとは驚きだよ！　こんな父上、見たことがないからね〜」

「無視されまちた。妹ってことはシアの兄上でしゅか？」

「ああ、自己紹介がまだだったね。僕はシェイン・フォン・アウラードだ」

「シェイン……皇太子でしゅか」

すぐに反応するアレクシアに驚くシェイン。

「本当に賢《かしこ》いね。とても三歳とは思えないよ」

「それは俺も同感だ」

「失礼な兄上と父上でしゅね！」

ぷんすか怒りながらも、クローゼットの前に戻るとまた中身を漁《あさ》り始めるアレクシア。

「父上……あれは何をしているのですか？」

「金目のものを探しているらしい」

それを聞いて、シェインは改めてアレクシアを見る。クローゼットに入っている衣服や小物を品定めしている幼女の姿は実に奇妙だ。

「ぶっ……本当に面白い妹だね」

それに、その光景を優しい顔で見ているルシアードの姿にも驚きを隠せない。冷酷な皇帝としての姿しか見たことがないからだ。常に顔色一つ変えずに国を動かし、時には人を殺めていた者とはとても思えない。

「それで、お前は何をしに来た」

「はい。アレクシアの母親であるスーザン妃の件です」

「動いたのか」

「はい。父親であるキネガー公爵に使いを出したのを確認しています」

ローランド・キネガー公爵は優秀で実力のある人格者として有名な大貴族だ。だが、ルシアードの父親である前皇帝の悪政を憂《うれ》い、それを咎《とが》めたことで、彼とその派閥《はばつ》の者は隠居《いんきょ》へと追いやられてしまったのだ。

その数年後にルシアードが前皇帝を討ち、新たに皇帝の座に就《つ》くと、キネガー公爵から和解条件として娘であるスーザンとの婚姻《こんいん》を提案され、それを受け入れた経緯がある。

「ローランドは孫のことを知らんのだろう」

「死産だと思っていますね」

「あれの何処が死産だ」

ルシアードは、クローゼットから物を出しては真剣に品定めをしているアレクシアを見てそう言う。シェインは苦笑いしながらも、二人に挨拶して部屋から出ていった。

「おい、品定めは終わったか？」

「う〜ん、また後でやりましゅよ」

「む。まだやるのか」

呆れながらも娘に荒らされたクローゼットから服を取り、着替えて床に座る。それから品定め中のアレクシアを無理矢理に抱っこした。

ルシアードは身の回りのことは自分で行い、決してこの部屋に誰も入れないようにして、従者と距離を取ることを徹底していた。部屋を出ると数人の男女が一様に綺麗な礼をする。

「おはようございます、皇帝陛下」

「「「おはようございます、皇帝陛下」」」

先頭に立つ執事長《しつじちょう》が挨拶を述べると、他の使用人や近衛兵《このえへい》達もそれに続く。

「こいつに至急新しい服を用意してくれ。アレクシア、着替えてこい」

「えーーー……これで良いでしゅよ」

薄汚れたドレスを結構気に入っていたアレクシアは反論する。

「こいつを連れていけ」

ルシアードは有無を言わせず女官にアレクシアを預けると、一人すたすたと歩いていってしまう。

その後ろを、従者や近衛兵達が距離をおきながら緊張気味についていく。

「自由な人でしゅね……」

溜め息を吐きながら呟く幼女に、女官達は驚いた。


「アレクシア殿下、こちらの部屋でございます」

女官に招かれて部屋に入ると、色とりどりの綺麗なドレスがズラリと並んでいた。

「うっ！　眩ちいでしゅ！」

あまりの煌びやかさに目がやられたアレクシア。

「殿下が気に入ったドレスはございますか？」

「う～ん………これでいいでしゅ」

近くにあった淡いブルーのワンピースを適当に選ぶ。スカートの裾《すそ》に白いラインが入っていて可愛らしい。派手さのない清楚《せいそ》な装いだ。

女官が着替えようとするアレクシアを当たり前に手伝おうとするが、それを制止して自分で着替え出す。淡々《たんたん》と着替える幼子を、女官達は困惑して見守るしかなかった。

アレクシアは着替え終わると、ルシアードがいる部屋に案内された。書類を見ていたルシアードは娘が入ってきたことに気付いて視線を送る。

「まぁ、似合ってるな」

ぶっきらぼうに誉めるルシアード。

「そうでしゅか？　美少女でしゅからね〜」

「赤子の間違いだろ？　それに自分で言うな」

鼻で笑うルシアード。

「赤子じゃないでしゅよ！　シアはもう三歳でしゅ!!」

二人の気の置けないやり取りを、周囲の者達は呆然と見守っている。それを気にも留めず、アレクシアはテーブルに目を向けた。ルシアードとの間にあるテーブルには、出来立てと思《おぼ》しき料理が並んでいた。

「しゅごいご馳走《ちそう》でしゅね！」

「ああ、食べるか」

「あい、頂きましゅ」

二人が料理に手をつけようとした時、一人の男性が急いでルシアードの元に駆け寄る。

「陛下、キネガー公爵が、至急お会いしたいといらっしゃいました」

「放っておけ、今は食事中だ」

ルシアードに睨み付けられて尻込みする男性。

だが、入口が騒がしくなり、誰かが暴れている音がする。

「皇宮は賑やかでしゅね～」

アレクシアは暢気《のんき》に亜空間から例のソースを取り出して、肉にかけている。

「俺のにもかけてくれ」

「あい」

この空間だけ和気あいあいとしているが、次の瞬間には扉が派手に蹴破られる。

「おい、くそガキ！　いるんだろ！」

兵士をボコボコにしながらルシアードに悪態を吐き、騒がしく入ってきたのは、大柄で強面《こわもて》の男性。その後ろに眼鏡をかけた真面目そうな男性も立っていた。

「誰が入って良いと言った」

ズカズカと我が物顔で侵入し、娘との食事を邪魔する二人の男性を睨み付けるルシアード。

「呼んでも来ねぇからだろ！」

威圧感が半端《はんぱ》ないルシアードに対しても、怯《ひる》むどころか更に悪態を吐く強面の男性。金髪を軽く後ろに流し、淡いブルーの瞳は吊《つ》り気味だが、野性的で魅力ある男性だ。

（おお、イケおじ登場）

その後ろで黙っている男性は赤髪をオールバックにして、淡いブルーの瞳はとても鋭利で人を見透かすような恐ろしさがある。二人は親子だろうか、雰囲気がとても似ている。

この世界の生き物は魔力量で寿命《じゅみょう》が変わってくる。最高クラスだと数千年以上、少しでも魔力が多いと数百年の寿命になる。ただ、人族の大半が持つ魔力はとても微細で、〝魔力が多い〟とまで言える存在は希少だ。

この二人はその希少な例なのだろう。見た目が若いし、人族にしては大きい魔力の流れも感じる。

「一体何なんだ？　ロイン、説明しろ」

金髪の男性を無視して、赤髪の男性、ロインに説明を求めるルシアード。

「はい。父の無礼、申し訳ありません」

ロインと呼ばれた眼鏡の青年は厳しい顔のまま頭を下げ、続けて事の経緯を話す。

「昨日、真夜中に後宮から使いが来まして、私の妹――スーザン妃が無実の罪で拘束されたとの報告があり、父がこうして乗り込んでいます」

「スーザンは、まぁ多少我儘《わがまま》だが、お前を好きで嫁《とつ》いだんだ！　それなのに拘束だと!?」

「何があったか聞いてないようだな。まぁ言えないだろうな」

ルシアードはチラリとアレクシアを見る。その視線で、そこにちんまりとした幼女がいることに初めて気付いた金髪の男性とロイン。

「子供!?　ルシアードが子供と飯を食ってるぞ！　生贄《いけにえ》かなんかか!?」

「あり得ない……」

アレクシアは二人を無視して肉に夢中だ。口の周りをソースだらけにして、一心不乱に食べ続けている。そんな娘の口を無表情で優しく拭いてあげるルシアードに、男性とロインはもう開いた口が塞《ふさ》がらない状態だ。

「おい、俺は幻《まぼろし》を見ているのか？」

「私にも見えていますが信じられません」

「煩い奴らだ。スーザンは拘束まではしてはいないが尋問する予定だ。そしてこれは生贄ではなくお前の孫だ、生きていた」

ルシアードのとんでもない発言に固まる男性とロイン。

「…………何だと、孫は死産だったと聞いているぞ」

「確かに陛下にそっくりですね……ですが、妹は何故生きているのに死んだと言ったんですか？」

二人はアレクシアをまじまじと見つめる。

「スーザン曰《いわ》くアレクシアは〝失敗作〟らしいぞ。女官や兵士に蔑ろにされて囚人のような生活を強《し》いられていた。何人もの刺客も送り込まれている。誰の仕業《しわざ》か分かるな？」

ルシアードの話に言葉を失う二人。

「アレクシアは見ての通り俺が保護した。後宮ではなくこちらで暮らすことになるだろう。ローランドよ、異論はあるか？」

ローランドと呼ばれた強面の男性は、先程までの迫力が嘘のように黙ってしまう。その代わりに彼の息子であるロインが口を開く。

「この子……は刺客に襲われても生きていたんですか？」

「こいつは自分の身を自分で守ったんだ。アウラード皇族の鑑《かがみ》だな」

「嬉しくないでしゅね」

それを聞いて嫌そうな顔をするアレクシア。

「む。何でだ、誉め言葉だぞ」

「お二人を見ているとまるで親子みたいですね、驚いています」

「「親子だから」」

息もピッタリだ。

ローランドはフラフラとアレクシアの近くに行くと、しゃがみこんでじっと見つめる。

「何でしゅか？」

「お前が俺の孫なのか？」

「そうらしいでしゅね、初めましてお祖父様《じいさま》」

お祖父様と呼ばれたローランドの目に涙が浮かぶ。

「そうか、孫か……生きていたか。良かった……良かった」

そう言って、小さいアレクシアを恐る恐る抱きしめるローランド。

「そう簡単に死にましぇんよ。シアは強いでしゅからね」

「おい！　ルシアードの性格にそっくりだな……心配だ！」

アレクシアの子供らしくない反応に、ローランドは危機感を覚えて頭を抱えた。

「失礼でしゅね！」

「む。アレクシア、どういう意味だ」

プンスカ怒るアレクシアに不満を漏らすルシアード。

「シアは人をホイホイ殺しましぇん！」

「……ではお前を襲った刺客はどうしたんだ？」

「魔物の餌《えさ》にしまちた……ハッ！」

悍《おぞ》ましい内容で、とても親子の会話には聞こえない。

唖然としたままのローランドとロインに、ルシアードは話を振る。

「ローランド、スーザンはお前がいきなり俺の所に乗り込むとは思っていないだろう。手紙には自分の所に来るようにと書かれていたろう？」

「ああ……まさか自分の子を殺めようとするとは……俺の育て方が間違ってたか？　ロイン」

「ええ、甘やかしていましたからね」

「少しは否定しろよ！」

正直なロインにショックを受けるローランド。

「面白い親子でしゅね」

「ああ」

「お前らに言われたくねーよ！」

そんな騒々しい公爵親子には別室で待機してもらい、食事を再開したアレクシアとルシアードだった。

†

「お父様はいつ来るの⁉　ちゃんと報告したの⁉」

その頃、後宮でヒステリックに叫ぶスーザン妃は焦っていた。

「はい、報告しました！　……もしかして皇帝陛下に直接会いに行ったってことはないですか？」

従者に言われてさらに焦ったスーザン妃は、先手を打とうと皇宮に乗り込むことにした。もう遅いとも知らずに……

†

ルシアード達の食事が終わるのを、別室で待ち続けるローランドとロイン。重苦しい空気の中、扉を開けて入ってきたのはルシアードではなくスーザン妃だった。

「お父様！　お兄様！　お助けください！」

泣きながらこちらに近付いてくるスーザン妃を、冷たく見つめるローランドとロイン。

「スーザン様、陛下の許可を得て皇宮にいらしたのですか？」

「それは……お兄様、何故そんなに他人行儀《ぎょうぎ》なのですか？」

「あなたは陛下に輿入《こしい》れなさった身ですから。で、何故拘束されそうなのですか？」

「私が……娘を殺そうとしたと陛下が勘違いをしているんです！」

涙を流しながら訴えるスーザン妃。

ローランドは低い声で問いかける。

「おい、子は死産だったと言って泣いていたのは嘘だったのか？」

「………お父様！　私は皇子が欲しかったのです！　なのに！　何の価値もない皇女など！」

「だから殺そうとしたというのか！　お前という奴は！」

「父上、落ち着いてください。スーザン様、それで私達に何をして欲しいのですか？」

激昂《げきこう》してスーザン妃に詰め寄るローランドを冷静に止めるロインだが、妹を見つめる目は厳しい。

「あの子供は悪魔憑きです！　皆が不幸になる前に処刑するように陛下に口添えして欲し……きゃあ！」

スーザンが話している途中で、その体がいきなり吹っ飛び壁に激突する。

「お前は本当に救いようのない女だな」

気配もなく入ってきたのはルシアードだ。その後ろから、お腹パンパンのアレクシアもよちよちと入ってくる。

「陛下……陛下！　どうして娘を気に入ったのですか！　何故………誰にもご興味がなかったのに！　どうして！」

よろよろと立ち上がり、血走った目で捲し立てるスーザン妃は、酷く愚かで痛々しい。

「煩い女だ。ローランド、先程の件を調べるが、異論はないな？」

「……ああ」

そう答えたローランドも怒りに震えていた。

ロインも厳しい表情で頭を下げる。

「よろしくお願いします。私の方でも調べさせます」

「お父様！　お兄様！　私を見捨てるのですか！」

スーザン妃は父に縋《すが》りつくが、兵士達によって強引に引き剥がされた。それでも暴れ続け、やがてアレクシアを罵り始める。

「お前のせいだ！　悪魔憑きがああ！」

「シアは悪魔憑きじゃありましぇん」

冷静に答えるアレクシア。

「そもそも悪魔憑きとは何だ？」

ルシアードが今さらのようにアレクシアに聞く。

「そのままでしゅよ。悪魔が人に取り憑いて、操ったり殺めたりするんでしゅ。特徴は目が紅《あか》くなるので分かりやすいでしゅよ」

「お前、何でそんなことを知っているんだ？」

「乙女の秘密でしゅ」

「本当に三歳か？」

呆れるルシアード。

スーザン妃やローランド達を無視して、自由気ままに会話するアレクシアは、絶対にルシアードの血を色濃く受け継いでいる。傍観していた兵士達はそんな風に思った。

ローランドが二人の問答を聞いてふと疑問を口にした。

「おい、このおちびは魔力持ちだよな？」

「ああ。俺よりあるぞ」

「おいおい嘘だろ！」

ルシアードの返答に唖然とするローランドとロイン。その横で胸を張り、ドヤ顔をするアレクシア。

「何なのよ………お前は何なのよおおーー！」

スーザン妃がいきなり叫んで物凄い力で兵士を振り切り、アレクシアに襲い掛かろうとするが、その前にルシアードが立ちはだかる。

「陛下！　私は陛下を愛しているんです！　この子より私を愛してください！」

「おいスーザン！　何言ってんだ！　こいつはお前の娘だぞ！」

娘の身勝手さに、ローランドは怒り心頭だ。

「お前に愛情などない」

ルシアードは冷たい口調で、無情にもスーザン妃に告げる。

彼女は唇《くちびる》を震わせ、何とか言葉を絞り出した。

「……この子が死ねば私を見てくれますか？」

「スーザン！　いい加減にしろ！」

ローランドに強く諭されても、アレクシアを睨み付けてブツブツ〝殺す〟と呟くばかりで、聞こうともしない。

「父上、もう駄目ですよ。陛下、スーザン様を皇女殿下の暗殺未遂《みすい》で拘束してください」

ロインが溜め息を吐き、ルシアードに拘束を促すと、暴れるスーザンを兵士達が再び取り押さえて強引に引き摺っていった。彼女はその間もアレクシアに憎しみを込めた暴言を吐き続けていた。

ローランドはアレクシアを抱きしめる。

「アレクシア、傷付いただろ……悪かったな」

「平気でしゅよ。もう慣れまちた」

「慣れるな！　お前は俺の可愛い孫だ！　不自由しただろ？　何か欲しいものはあるか？」

「そういうところがダメでしゅよ！　甘やかしてばかりだといけましぇんよ！」

ローランドは正座させられ、三歳の孫に説教されることとなった。その光景を苦笑いで見ていたロインは、横に立つルシアードに疑問をぶつける。

「アレクシア皇女殿下は一体何者なんですかね」

「……分からんが、面白いだろ？」

「ええ、ですがスーザンに似なくて良かったです」

ルシアードは黙って頷くと、祖父に説教しているアレクシアを抱っこする。

「森に狩りに行くんだろ？」

「そうでした！　行きましゅ、着替えないと！」

「狩りって……アレクシアが行くのか!?」

ローランドの顔がパッと輝くが、それを見てルシアードは顔をしかめる。ローランドは見たまんまの脳筋《のうきん》で、隠居させられていた間も嬉々として冒険者稼業《かぎょう》をして各地を放浪していた。

「おい！　俺も行くぞ！」

「えー……」と嫌そうなアレクシア。

「諦めろ。準備しに行くぞ」

ローランドのしつこさを知っているルシアードは諦めが早い。アレクシアも空元気であろう祖父のことを心配して何も言えない。

「父上も行くんでしゅか？」

「当たり前だろ」

「ブゥーー！」と更に嫌そうなアレクシア。

「ブーイングするな」

アレクシアを小脇に抱えながら部屋を出るルシアードは、とても楽しそうだった。

5　変わっていくルシアード

最初は変わった娘だなと思った。

この日は気分転換がしたくて森に入ったルシアードだが、いくら魔物を倒しても荒《すさ》んだ気持ちが晴れることはない。生まれてからずっと兄弟達に命を狙われ、両親からも愛されず、誰も信じられない環境で生きてきた。

父親が即位すると、たちまち悪政を行う国に成り下がったアウラード。腐った貴族が蔓延《はびこ》り、帝国民は飢餓《きが》や重税に苦しんでいた。

きっかけは、自分に唯一優しくしてくれた前皇帝の祖父が幽閉《ゆうへい》され、命が危ないと報告を受けたことだ。父親の終わることのない暴挙に怒り、彼はたったの数日で皇宮を制圧して、皇帝をはじめ、悪政に加担した兄弟や貴族を次々に捕らえては処刑した。

それからは政務に追われて、忙しい日々を過ごしていた。皇妃を迎え入れる時ですら視察を優先したくらいだ。子供が生まれても何の感情も抱かなかった。ルシアードの中では、全てが皇族としての義務であり、家族は彼にとって最も信用出来ない者達だからだ。


森を進んでいると、ふと背後に気配を感じたルシアード。

そう思ったが悪意を感じないので、声をかけてみた。すると彼の前に現れたのは、想像を遥かに超える人物だった。

(刺客か?)

〝死産だった娘〟。

薄汚れたドレスを着ている、自分に瓜二つの幼い子供。ルシアードを見ても臆《おく》することなく堂々と目を見て話す、第四皇女であるアレクシアとの最初の出会いだった。

この幼子と話をしていると、驚くことの連続だった。生まれてすぐに殺されかけ、それでも一人で逞《たくま》しく生きていた。自分の幼い頃を重ねていたのだろうか、今となってはどうでも良い。

それからアレクシアと共に魔物を狩った時も解体していた時も、今まで生きてきた中で感じたことのない、満たされるような温かい気持ちになって、戸惑いを覚えた。

ある日、一緒にジャイアントボアのステーキを食べている時に、ルシアードはポツリとこぼした。

「この気持ちは何なんだ？」

「何がでしゅか？」

胸を押さえて独り言のように呟くルシアードに、ステーキを頬張っていたアレクシアが反応する。

「胸が熱いんだ。こんなことは初めてで戸惑っている」

「病気なんじゃないでしゅか？」

そう淡々と答える娘を、ジト目で見つめるルシアード。

「む。心配じゃないのか？」

何故か胸の奥がチクリと痛んだ。

「あい。ププッ、冷酷皇帝なんて病気の方から逃げましゅよ！　それより早く食べてくだしゃいな！」

アレクシアは切り分けたステーキに特製タレをかけて、拗《す》ねているルシアードに渡した。

素直に受け取りながら、出会った時から今までのことを思い返す。皇帝である自分に不敬な態度や発言を連発する幼い娘。その一挙手一投足が気になって仕方がない。それは怒りからではなく、純粋に興味を引かれたからだ。

「お前は、俺やスーザンを憎《にく》んでいるだろ？」

つい気になったことを口にしてしまった。

「そうでしゅね……憎んではいましぇんが、好きでもありましぇんね」

それが本音なのだろうが、好きではないと言われてショックを受けている自分に驚くルシアード。

慎重に、だがしっかりと言葉を紡ぐ。

「それでもお前は俺の娘だ」

「そうでしゅね、でも父上は家族に興味ありましぇんよね？」

アレクシアの澄《す》んだ瞳がルシアードを捉える。

「ああ、確かにそうだ。そうだったはず………なのに何故お前のことが気になるんだ？」

「知りましぇんよ！　何でシアに聞くんでしゅか!!」

プンスカ怒るアレクシアは、ジャイアントボアの肉をルシアードの口に無理矢理入れた。暫く無言で咀嚼《そしゃく》し、呑み込んでから口を開く。

「………………。家族がどんなものか分からないが、お前が生きていてくれて良かったとは思う」

「シアはそう簡単に死にましぇんよ！」

不器用な親子の会話はそこで終わり、黙々とステーキを食べ進めたのだった。

6　狩りをする幼女

「スーザンが拘束された？　何故？」

「はい、自分の子を殺めようとしたことが……その……皇帝陛下の怒りに触れてと聞きました」

ここは後宮の一画。妃にはそれぞれ〝宮《みや》〟と呼ばれる居住区画が与えられるが、ここはその中でも一際大きい。

優雅にソファに座って、後宮女官長であるモエラから報告を受けるのは、穏やかそうなとても美しい女性だ。

彼女はモエラの言った内容が腑《ふ》に落ちないのか、首をかしげる。

「皇帝陛下がそのようなことでお怒りになるわけがないわ。どこの情報なのかしら？」

「それが……私もその場におりました。死んだと思われていた皇女を大事そうにお抱えになって、一緒に皇宮に向かわれました」

その言葉にピクリと眉を動かした女性は、しばしの沈黙の後に女官長へ命令する。

「…………。皇太子を呼びなさい」

「承知しました。我らが皇妃様」

†

水面下で様々な人物が動き出している頃、アレクシアは身軽な格好になり、森の入口にちょこんと立っていた。金の刺繍《ししゅう》が施された白いワンピースに赤い編み上げコルセットと、カーキ色のケープが可愛らしい。

その後ろには、ルシアードと祖父であるローランド・キネガー公爵がいた。

「おいおい、おちび！　お前は浮遊魔法も使えるのか⁉」

森に出発しようという時、ルシアードに抱えられることなく自ら浮き上がり飛んでいく幼い孫にローランドは驚愕した。

アレクシアは自慢げに溜め息を吐く。

「シアは天才でしゅからね。あっ、シアが言ったこと覚えてましゅか？」

「ああ、A級魔物以上を狩ったらおちびに譲《ゆず》るんだろ？　何でだ？」と不思議そうなローランド。

「売ってお金にするために決まっているでしゅよ⁉」

「金？　おちびは世界一大きいこの国の皇女だろ？」

ローランドはもっともな疑問をルシアードにぶつける。

「お金に困ってるらしい。今朝は俺の部屋を漁《あさ》って、皇印《こういん》を売ろうとしたからな……」

「ぶっ……皇印だと⁉　おちび、何考えてんだ！」

「綺麗だから、売ったらお金になると思ったんでしゅよ。そんな大事なものだと思わなかったんでしゅ！　父上だって少し『あげてもいいかなー』って考えていたじゃないでしゅか‼」

「あまりにも欲しそうだったからな」

そんな二人のあり得ない会話を、ローランドは呆れて聞いていた。

ごほん、と咳ばらいをしてアレクシアが仕切り直す。三人はこれから魔物を狩る数を競うのだ。

「では二人とも、勝負でしゅよ！」

するとルシアードが鼻で笑う。

「俺に勝てると？」

「今度は負けましぇんよ！」

「おちびは向こうに行け、スライムが沢山……」

「馬鹿ちんでしゅか！」

ローランドの提案に怒り出すアレクシア。

「ぶっ……馬鹿ちんって何だ、アレクシア？」

娘の珍発言に軽く噴き出すルシアード。

「おちびも森の奥に行くつもりか⁉　危ないだろ！」

「安心しろ。あいつはジャイアントボアを秒で倒していたぞ」

ルシアードから今までの勝負の話を聞いて、開いた口が塞がらないローランド。

そんな驚愕しっぱなしの祖父を置いて、どんどん話を進める最狂親子。

「A級以上を多く狩った方が勝ちでしゅ。一時間経ったらここに集合でしゅよ！」

「ああ」

「ジジイ……じゃない、じいじも分かりまちたか？」

「おちび、わざとだな？　…………分かった。くそ、負けねーぞ！」

三人は不敵に笑うと一瞬でその場から消えた。

†

アレクシアは森の奥深くを歩いている。この辺りには最強クラスの魔物がうじゃうじゃいるため、大人の冒険者でも覚悟を持って進んで行かなければならない。そんな所を平然と歩く幼女は、誰が見ても異様だ。

「うーーん……中々いないでしゅね」

そう言った瞬間だった。背後から微かに気配を感じたアレクシアは、無詠唱で手に風を集めると標的に向けて放った。

標的は風の刃を受けて木から落ちてきた。それは紛れもない人間だった。急所を外しているので生きているが、気を失っている。アレクシアはサッとポケットから筒状のものを出して火をつける。

すると、赤い煙がもくもくと出てくる。

その直後、ルシアードとローランドが現れた。

「アレクシア、通信魔法は使えないのか？」

「使えましゅが、これ使ってみたくて使いまちた！」

ルシアードの問いにドヤ顔で答えるアレクシア。

「……狼煙《のろし》ってお前、また古風な……」

呆れるローランドだったが、アレクシアの足元に倒れている中年の男性を見て顔が険しくなる。

「おいルシアード、こいつ、暗部の男だよな？」

「ああ。〝四番〟だな、そこそこの実力者だ。アレクシア、やるな」

「弱っちかったでしゅ」

「「…………」」

もはや驚くのにも慣れてしまい、ただ無言になるローランドとルシアード。

「何で暗部が動いてるんだ？　おちびを狙ったのか？」

「今動いているのは〝二番〟と〝六番〟だけのはずだ」

先程から話に出ている暗部というのは、皇帝直属の隠密《おんみつ》部隊のことである。彼らは本名を隠し、番号で管理されていた。

「狙いはシアじゃないと思いましゅよ。シアを見つけて驚いていまちたから」

こんな森にこんな幼子が一人で歩いていたら、誰でも驚くだろう。

ルシアードは尋問のために剣を抜こうとする。

「こいつはアレクシアを驚かせたんだ。多少痛い目を見て……」

「馬鹿ちんでしゅか！」

アレクシアは歴代最強の皇帝にツッコミを入れた、初めての人物になったのだった。

人を痛めつけるのは良くない、と当たり前すぎる説教をしたところで、アレクシアは四番を見下ろす。

「さて、起こしましゅか」

そう言うと手から冷水を出して四番の顔にかける。

「ブハッ……ゴホゴホッ！」

「おちび……えげつないな」

冷水をバシャバシャとかけるアレクシアを見て、ドン引きのローランド。剣でチクリとやるのと何が違うのか、と言いたげであった。

だが、様子が変わった。男の顔がブヨブヨとふやけたのだ。よく見れば顔全体がマスクのようなもので覆われている。やがてマスクに水が染み込んで息が出来なくなり、男は勢い良くマスクを取る。

マスクを外したその姿は、まだ十代後半くらいのあどけない少年だった。茶髪に緑色の瞳で二重の大きい目が特徴的な、可愛らしい顔立ち。これにはさすがに驚くアレクシア。

「子供じゃないでしゅか！」

「アレクシア、お前の方が子供だ」

「お前もじゃねーか！」

ルシアードとローランド、特にルシアードは人生で初めてのツッコミを入れたのに、アレクシアは完全に無視した。奇跡のツッコミは儚《はかな》く終わった。

ローランドとルシアードが少年の顔を覗き込む。

「おい、確か四番はもっと年を取っていたはずだよな？」

「ああ、お前は何者だ？　本物は何処に行った？　簡潔に答えろ」

四番と呼ばれた少年は、目の前に皇帝と大物貴族がいることに驚き、急いで平伏す。そして絞り出すように話し出した。

「親父は、殺されました……。皇帝陛下、親父の敵《かたき》を討たせてください！　この森に親父を殺した男が入っていったんです！　俺は……悔しくて！」

「四番が殺されただと？　お前はその息子か？」

「はい！　まだまだ実力不足ですが……どうしても真相が知りたくて」

アレクシアはよちよちと少年の前に行く。

「その男は同じ暗部でしゅか？　近くに人の気配がしましゅ」

「はい、親父は皇妃様を密かに調べていました」

「エリザベスをか？」

「はい。モール侯爵の依頼で……もちろん、暗部は皇帝陛下のご命令で動く組織です！　それは分かっていますが……親父とモール侯爵は旧知の仲なので、仕事外で動いてました」

「モール侯爵は確か一人娘が長いこと病気だと聞いたぞ。それと関係あんのか？」

ローランドが少年に聞く。

それに答えたのは何故かアレクシアだった。

「確か、モール侯爵家の娘が皇妃になるはずだったんでしゅよ。なのに急に精神が錯乱《さくらん》して倒れたんでしゅ」

ペラペラと説明する幼女を、信じられない目で見る少年とローランドだが、ルシアードはもう慣れて無反応だ。

「おちび、何でそんなこと知ってるんだ!?」

「後宮にいれば噂が流れてきましゅよ。シアは暇だったんでしゅ！」

「それにエリザベスが関わっているというのか？」とルシアードが尋ねる。

「噂では、エリザベス皇妃が当時公爵令嬢だった頃に、彼女をお茶会に誘った後すぐに倒れたんでしゅよ。……って、自分のお嫁しゃん候補のことなのに、何で何も知らないんでしゅか！」

「興味ないからな」

堂々とそう答えるルシアードに軽くパンチするアレクシア。それをされても怒るどころか嬉しそうなルシアードを見て、目が点になる少年。

ローランドが話を引き継いだ。

「で、お前の父ちゃんが殺されたってのは本当か？　ルシアードは暗部からそういった情報は聞いてないだろ？」

「ああ、何も聞いていない」

少年が父親の現状を話し始めた。

正確にはまだ生きているが、モール侯爵の娘と同じで精神に異常が見られ、拘束しないと暴れるのだそうだ。

「まるで獣のようで……あの日、親父は〝三番〟に会いに行ったんです。胡散臭《うさんくさ》い奴だから心配で見に行ったら親父が倒れていたんです……」

「三番は確かエリザベスの子飼いだな」と言って、ルシアードは考え込んだ。

アレクシアは少年の肩を優しく叩く。

「話を聞いてしまった以上は助けないといけましぇんね！」

「「は？」」

「三番に会って事情を聞きましゅよ！」

「おい、娘から離れろ。アレクシア、こちらに来い」

アレクシアから近付いたのに何故か少年がルシアードに威圧され、彼はすぐに後ずさる。

アレクシアはそんなルシアードを見て溜め息を吐くと、自らよちよちと歩いていく。ルシアードは手を広げて嬉しそうに抱っこした。

「おちび、本当に動くのか？」

「あい。進んでくだしゃい！」

ルシアードはアレクシアに言われるがまま動き出す。ローランドはそんなルシアードに驚きながらも結局ついていく。アレクシアは少年を手招きして歩くように促す。

「みんな、気配を消してくだしゃい」

アレクシアが言うと皆すぐに気配を消すが、少年はまだ拙《つたな》い。なのでアレクシアが認識阻害魔法を掛けてあげるが、それをルシアードが面白くなさそうに見ている。

「さあ父上、悪人狩りでしゅよ！」

「ああ、お前が楽しいなら手伝おう」

「さあじいじも悪人狩りでしゅよ！」

「あー……はいはい。狩りは狩りだが悪人狩りかぁ」

大物すぎる人達が幼女に指示されて動くのを、唖然として見る少年だった。

†

四人は気配を消して、更に森の奥深くに進む。暫くすると拓《ひら》けた場所に到着したアレクシア達。

そこでは一人の男性が地面に伏して何かを探していた。

アレクシアは気配を元に戻し、ルシアードやローランドもそれに倣《なら》う。人の気配を感じた男性が振り向くと、当然ながらそこには驚愕の人物達が立っている……ということになる。

「なっ！　皇帝陛下！　キネガー公爵閣下！」

急いで跪く男性はガタガタと震えている。

「父上！　その怖い顔をどうにかしてくだしゃい！」

「む。そう言われても元からこういう顔だ」

アレクシアに理不尽に怒られて顔をしかめるルシアード。

「ブハッ……」

この馬鹿な会話につい笑ってしまうローランド。そんな光景を見て唖然とするのは男性だ。皇帝を父上と呼び、キネガー公爵をじいじと呼んでいることからスーザン妃の子、確か死産とされていた例の第四皇女だろう、と推測する。

「あなたは暗部の三番でしゅよね？」

「……はい」

「ここで何をやっていたんでしゅか？」

アレクシアはこの男性が何を探していたか分かっていたが、敢えて聞いてみた。だが男性は黙ったままだ。

「おい、アレクシアが聞いているんだ。正直に答えろ」

「ヒイッ！」

ルシアードの恐ろしい圧力に腰を抜かしてしまう男性。

(こんなんで本当に暗部？　情けないわね！)

アレクシアは溜め息を吐くと、ルシアード達に男性がここにいる理由を話した。

「一応推測でしゅが、ここにはルルド草が生息していましゅから、それが目当てだと思いましゅよ」

「ルルド草ってなんだ？」

「じいじ、ちゃんとお勉強してくだしゃいな！　ルルド草は人に精神錯乱を起こさせる危険な毒草でしゅが、稀少なもので人工では育ちましぇん」

「おちび……本当に三歳か？」

「いいから聞いてくだしゃい！　この話には続きがありましゅ。このルルド草の毒には治療法がないとされていてでしゅね、確実に苦しませて殺す方法の一つなんでしゅよ」

アレクシアが四番の息子である少年を心配そうに見ると、彼は泣き崩れていた。

「三番よ、その手に握っているのはルルド草ではないのか？」

「陛下！　これは……」

「答えないとお前にそれを飲ませるぞ」

「ヒイッ……！　申し訳ございません！　これはある方からの依頼で……」

三番が何かを言おうとした時だった。

「危ないでしゅ！」

アレクシアが叫んだ時、ルシアード達も同じく何かを感じ、即座に防御魔法を発動させる。それとほぼ同時に爆発音が響き渡る。

「アレクシア、大丈夫か？　怪我はないか？」

「防御魔法のお陰で大丈夫でしゅ、父上さすがでしゅね！」

アレクシアに誉められて口元を緩めるルシアードだが、その後ろでこちらを睨むローランドがいた。

「おい、ルシアード……俺とこいつを弾いただろ！」

ローランドが少年も即座に自分の防御空間に入れていなかったら、彼は大怪我をしていただろう。

「あいつは自爆したのか？」

「無視するな！」

「あんな小心者が自爆なんか出来ましぇんよ。誰かに魔法を掛けられていましゅね。もしその人物の名前を言おうとしたら、その瞬間に自爆するようになってたんでしゅよ」

「魔法を掛けたのはエリザベスか？」

「分かりましぇん。でもかなり用意周到で腹黒くて冷酷な人物でしゅね」

アレクシアとローランドは何となくルシアードを見てしまう。

「む。俺を見るな」

アレクシアはルシアードに降ろしてもらい、放心状態の少年の元によちよちと歩いていく。

「少年、落ち込むな！　父を助ける方法はありましゅよ！」

「え……でも治療法がないって」

「そう言われているだけで……実はあるんでしゅよ！　父上、じいじ！　ルルド草を採ってきてくだしゃい！」

ルシアードとローランドは言われるまま探知魔法で探し始め、この二人にそんなことをさせられないと少年も急いで探し始めるが、二人はすぐに大量のルルド草を採ってきた。

「おちび、これをどうするんだ？」

「また飲ませるんでしゅよ」

「「は？」」

「ルルド草は毒にもなるし解毒剤にもなるんでしゅよ。一度で死に至るのにわざわざ二回も飲ませる人はいないでしゅから、今まで解明しゃれずにきまちた」

「アレクシア、どうやって解毒剤にするんだ？」

「ルルド草と薬草であるピポ草を調合するんでしゅよ」

「ピポ草ってそこいらに生えてるあのピポ草か？」

「そうでしゅ。じいじ、採ってきてくだしゃい！」

すると、少年が名乗り出た。

「俺が行きます！　それが本当なら喜んで探して……」

「馬鹿ちんでしゅか！」

「……え……？　馬鹿ちん……？」

何を言われたのか理解出来ない少年。

「ここは〝深淵の森〟の奥深くでしゅよ！　少年の力じゃ魔物にやられましゅよ！　じいじに任せてくだしゃい！」

「おい！　俺だけかよ！　こいつは？」と言って、ローランドはルシアードを指差す。

「父上にはここでシアの護衛をしてもらいましゅ」

「おちび……お前に護衛はいらないだろ！」

「正気でしゅか！　シアは三歳でしゅよ！」

アレクシアの理不尽すぎる言葉に呆れるローランドと薄く笑うルシアード。

「時間との勝負でしゅ！　早く！」

「分かったよ！　何でおちびはこんな知識があるんだ？」

「乙女の秘密でしゅよ」

「「…………」」

ドヤ顔でふんぞり返るアレクシアを無視してそれぞれが動き出した。

ローランドはものの数分で大量のピポ草を採ってきた。アレクシアはルルド草とピポ草を置くとまず二つの草を綺麗に洗う。続けて亜空間から大きな鍋を取り出して草と少量の水を入れて、火をつけて煮込み始めた。

「あっ、言い忘れてまちた！　この薬草の匂いは魔物を呼び寄せるんでしゅよ！　父上、じいじ！出番でしゅよ！　元々狩りをしに来たんでしゅから！」

「「は？」」

皇帝とキネガー公爵は迫りくる魔物より、目の前の三歳の幼女に恐ろしさを感じるのだった。

7　アレクシア、人助けをする

アレクシアが薬草を煮込んでいる最中、その周りには魔物がうじゃうじゃと湧き出た。少年は見たこともない強力な魔物達の出現に恐怖で動けないでいた。

「少年、大丈夫でしゅよ。すぐに終わりましゅ」

アレクシアがそう言った瞬間、物凄い勢いで魔物が瞬殺された。この場はもうルシアードとローランドの独擅場《どくせんじょう》となっていた。

「父上！　じいじ！　綺麗に始末してくだしゃい！　ギルドの査定に響きましゅ！」

「おちびめ……！」

アレクシアは気にすることなく、煮込み終わった煮汁を魔法で冷やし、小瓶に分けていく。

「出来ました！」

「「おーー」」

瓶を掲げて報告するアレクシアと、自然と拍手する一同。最後の魔物も始末し終わり、亜空間に全て収納する。

「少年、お父しゃんは何処にいるんでしゅか？」

「モール侯爵の屋敷です。お袋《ふくろ》には言えなくて……そしたらモール侯爵が屋敷で看《み》てくれると言ってくださいました」

「ふむ。じゃあ例の娘しゃんもいるから一石二鳥でしゅね！　行きましょう！」

「もう日が暮れる、明日……」

「馬鹿ちんでしゅか！」

「ほう？」

馬鹿ちんと言われたのにルシアードは何故かちょっと嬉しそうだ。

「人の命がかかってるんでしゅよ！　今から行きましゅ！」

アレクシアの言葉に涙を流して頭を下げる少年。

「誰かモール侯爵家に行ったことありましゅか？」

「ない」

「俺はあるぞ」

ルシアードとローランドが即答する。

「じいじ、転移魔法は使えましゅね？」

「ああ、すぐに行けるぞ！」

ローランドの魔法陣に皆で入ると、眩《まばゆ》い光と浮遊感を一瞬感じた。そして光が消えると、目の前に大きな屋敷が佇《たたず》んでいた。

「ここがモール侯爵家でしゅか、行きましゅよ！」

門の前には、転移魔法の光が原因なのか複数の人物が出てきていた。そこに一段と威厳《いげん》のある、青髪に茶色い瞳の、大柄で精悍《せいかん》な男性がいて、こちらに気付くと驚いて跪く。

「これは、皇帝陛下！　キネガー公爵閣下まで！」

「挨拶はいい。話は聞いた、お前の娘と四番のことだ」

威厳のある男性、モール侯爵はそこで初めて少年がいることに気付く。

「なっ……ロイ！　……すみません！　ロイは何も悪くないのです！　私が巻き込んだだけです！」

「ゴホン！　初めまして、アレクシアでしゅ。侯爵の娘しゃんと四番を助けに来ました」

モール侯爵は、ルシアードの足元にいた幼女に今気付いた。

「君は……？」

「兎《と》に角《かく》案内してくだしゃい！」

「モール侯爵！　アレクシア様の言う通りにしてください！　助かるかも……二人共助かるかもしれません！」

ロイの必死の説得に頷いた侯爵は、一行をすぐに部屋へ案内する。まずは長年苦しんできた娘の元へ行く。

「驚くかもしれません……」

モール侯爵がそう言いながらアレクシア達を招き入れる。そこにいた娘は骸骨《がいこつ》のように痩せ細り、所々自分でむしったのか髪も殆《ほとん》どない。辛うじて息をしている哀れな姿だった。

「酷いでしゅね……」

「ああ、苦しかっただろうな」

アレクシアとローランドは怒りがこみ上げる。

「もう……暴れる気力もなくなっておりまして……医師の話ではまだ生きているのは奇跡だと……バレリーは必死に生きようとしていると……うぅ……」

「……任せてくだしゃい！　娘しゃんは元気にしましゅ！」

アレクシアは颯爽《さっそう》と歩いていくと、ポケットから例の小瓶を出してバレリーの口に少しずつ流し込む。バレリーはゆっくりとだが飲み込んでいる。ついでに回復魔法を発動し、元の美しい姿に戻してあげる。

「おいおい！　回復魔法ってあんなこと出来るか!?」

「初めて見るな」

「回復魔法と修復魔法を融合させてみたんでしゅ！」

普通ではあり得ない現象に周囲が興奮していると――

「まっずっっ!!」

当の本人であるバレリーが涙目で飛び起きて盛大に叫ぶ。そこには父親に似た青髪に茶色い瞳の美しい女性がいた。彼女はサイドテーブルに置かれた水差しを掴むと、急いで水を喉に流し込む。

「ああ！　バレリー！　愛《いと》しの娘！」

「お父様……？」

涙目で水をがぶ飲みしているバレリーを見て、泣き崩れるモール侯爵。

そんな感動の再会に水を差さないよう、ローランドがこっそり囁《ささや》く。

「おちび……あれはそんなに不味《まず》いのか？　……不味すぎて目を覚ましたとかじゃないよな？」

「……違いましゅよ」

「今の間は何だ？　アレクシア」

祖父と父の両方にジト目で見られ、アレクシアは目を逸らす。

「もう！　次に行きましゅよ！」

モール侯爵とバレリーはここに残して、ロイに案内を頼む。四番の部屋に近付くにつれて唸《うな》り声のようなものが聞こえてくる。

「拘束していますが、一応気を付けてください」

部屋に入ると、ベッドに鎖で縛り付けられて、口にも拘束具のある、ロイに似た男性がいた。アレクシア達に気付くと暴れ始め、何かを叫びながらも目からは涙を流していた。

「本当に残酷なことをしましゅね！」

四番にはまだ自我があるのだろう、必死に暴れる自身の体を止めようとしているのが分かる。

「アレクシア、今回は危険だ」

「アレクシア様！　俺がやります！」

アレクシアがロイに例の小瓶を渡すと、ローランドが暴れる四番を押さえ付ける。その隙にロイが口に流し込む。しばらくすると動きが止まったので、恐る恐る拘束具を外していく。

「うう……まずっ……何だこれは……」

そう言いながら、渡された水をがぶ飲みする四番。ロイは泣いてアレクシア達にお礼を言うが、ルシアードとローランドの視線が幼女に集中する。

「アレクシア、あれはそんなに不味いのか？」

「薬でしゅ、美味しくはないでしゅよ！」

「まぁ、いいじゃねえか、二人共助かったんだ」

そこへモール侯爵とバレリーがやってきて涙ながらにお礼を言い、バレリーの元気な姿に驚いた四番も、皇帝とキネガー公爵が目の前にいることにさらに驚いて急いで平伏す。

「さて、詳しい話を聞きましゅか」

「アレクシア、悪い顔になっているぞ」

「父上に言われたらおしまいでしゅね……」

「む」

そんな親子を見て、どっちもどっちだと言いたい一同だった。

†

侯爵家の広間に集まった一同。

モール侯爵達は改めてアレクシア達にお礼を言った。

「バレリーしゃん、覚えていることはありましゅか？」

「はい、エリザベス様のお茶会に参加した帰りに意識が朦朧《もうろう》としたところまでは覚えていますが、それからのことは……すみません」

「くそ！　娘の大事な時間を奪って……しかもこんな残酷な方法で！　だが確たる証拠がないのが……」

モール侯爵が怒りも露わに拳をきつく握りしめるのを、バレリーが心配そうに見つめている。確かに、証拠もないのに皇妃を捕縛など出来ない。唯一の証人である三番は殺されてしまった。

「うーん……徐々に追い詰めるしかないでしゅね」

「アレクシア、また悪い顔になっているぞ」

「父上も協力してくだしゃいよ！　父上の無関心も原因の一つなんでしゅから！」

「む。アレクシアには協力しよう」

自分の無関心さをアレクシアに指摘されても反論出来ない。本当のことだからだ。

「モール侯爵もじいじも協力してくれましゅね？」

「当たり前です！　あの諸悪の根源が帝国の母であっていいはずがない！」

「俺も協力するぞ！」

皆が頷き合うが、その顔はとても正義を行使するという顔ではなかった——と後にバレリーは語った。

「バレリーしゃんはこれからどうするんでしゅか？」

バレリーは床に臥せていた期間が十年以上にもなり、結婚適齢期をとうに過ぎていた。

「このモール侯爵家の跡継ぎは弟がおりますし……取り敢えず自由を満喫《まんきつ》しようと思いま……」

「馬鹿ちんでしゅか！」

「え？　……馬鹿ちん……え？」

「バレリーしゃんにはこれから後宮に入ってもらいましゅよ！」

「「「「はあ？」」」」

これには黙って聞いていた四番とロイも反応した。

「バレリーしゃん、悔しくないのでしゅか！　腹黒皇妃に一泡吹かせたくないんでしゅか！」

アレクシアの言葉がバレリーに強く突き刺さる。

「……ええ……あの女には倍で返したいわ……！」

「……バレリー？」

「お父様、私悔しいです！　そりゃ～……こんな冷酷な皇帝陛下に嫁がなくて良かったですけど、青春を満喫出来なかった！　十年も寝たきりとか死んでも死にきれませんわ！」

「やめなさいバレリー！　陛下、申し訳ございません！」

ルシアードを前にしても臆することなく堂々と発言したバレリーに、周りは静まり返った。モール侯爵は顔面蒼白になり頭を下げる。

「面白い人でしゅね……気に入りました！」

「おいおい、さっき後宮に入れるとか言ってなかったか？　折角元気になったのにこいつに嫁いだら可哀想だろ」

「む。失礼な奴らだ」

さすがに面白くないルシアード。そこへバレリーが歩み寄る。

「陛下、正直全く好きではありませんが、改めまして、私、バレリー・モールを側妃にお願い致します！」

「俺は後宮には興味がない。だがアレクシアがそう望むなら許可しよう」

アレクシアとバレリーは固く握手をかわす。モール侯爵と四番は完全に置いてけぼりを食らっているが、何故かロイだけは笑顔で拍手をしている。

「四番しゃんと少年は、今日からバレリーしゃんの護衛に任命しましゅよ！　敵は皇妃だけじゃありましぇん、これからどんどん刺客が湧いてくると思いましゅからどんどん始末してくだしゃい！」

とても幼女とは思えない発言をして周りの大人をドン引きさせる。だがルシアードだけは誇らしげに娘を見ていた。

「シア達は帰りましゅ。大至急、皇帝の命令書と一緒に迎えを寄越しましゅから準備しといてくだしゃいね！」

「ええ！　アレクシア様、何から何までありがとうございます！」

年齢を越えた友情が生まれた二人。後にバレリーは帝国後宮史上最強の女傑《じょけつ》として名を馳《は》せるのだが……それはまた別のお話。

その後、すぐに皇宮に戻った三人。アレクシアはルシアードを執務室に連れていき、急ぎ命令書を書かせている。

「父上！　早く書いてくだしゃい……シアは幼女だからもう眠いでしゅ！」

「おい、アレクシア。お前が書こうとするな」

椅子に座って自ら書こうとするアレクシアを止めるルシアード。

それを見て爆笑するローランド。皇帝に仕事を急がせることが出来るのはアレクシアしかいないだろう。

ルシアードは命令書をものの数分で書き終えると、従者に渡してモール侯爵家に届けさせた。

「モール侯爵令嬢の回復と後宮入りを聞いて、相手がどう動くかだな」

「じいじ、シアはもう寝ましゅ」

「ああ、俺も帰る。ゆっくり寝ろよ、おちび！」

「あーい」

さすがに疲れたのだろう。うとうとしているアレクシアを優しく抱っこして自室に戻っていくルシアードだった。

†

「皇妃様、大変です！」

後宮女官長のモエラがエリザベスの部屋に飛び込んできた。部屋の主は顔を歪める。

「何事ですか？　はしたない」

「申し訳ございません！　至急お伝えしたいことがございまして……」

「言いなさい」

「モール侯爵令嬢が……回復なさったと」

「……何ですって？」

「しかも……その……」

「早く言いなさい！」

普段の穏やかさが嘘のように険しい顔になる。

「ルシアード皇帝陛下のご命令で後宮入りが決定致しました」

その言葉を聞いた瞬間、近くにあった花瓶を思いっきり床に叩きつけるエリザベス皇妃。

「……分かりました。丁重にもてなしなさい」

暫くの沈黙の後、いつもの穏やかな笑顔に戻りそう言うと、落ちている花を踏みつけた。

8　アレクシアVS皇妃

次の日、目が覚めたアレクシアは、隣で眠るルシアードを無理矢理起こして朝食を軽く済ませると後宮に来た。この後宮行きには一悶着あり……

遡ること数時間前。朝食の際にアレクシアは切り出した。

「父上、シアは後宮に戻りましゅ」

「駄目だ」

「皇妃と戦うには後宮で主導権を握らないといけないのでしゅよ。皇帝陛下なら分かりましゅよね？」

「む。俺はどうするんだ？」

子供のようなことを言うルシアードに呆れるアレクシア。

「仕事をしてくだしゃい！　それとたくさんのお金をシアにくだしゃい！」

「……分かった、部屋を用意しよう。だが、条件がある。食事は一緒に摂ること、夜は一緒に寝ることだ」

「いつもと変わらないでしゅね……分かりまちたよ」

あまり変わっていないような気がするが、そこはアレクシアが折れるしかなかった。


アレクシアとルシアードが後宮の入口に着くと、女官達がずらりと並んでいた。その中心にいる一際目立つ女性、美しい金髪にブルーダイヤのような綺麗な瞳の穏やかそうな美人が、エリザベス・フォン・アウラード皇妃だろう。

ルシアードに綺麗な礼をした後、抱っこされているアレクシアに優しい笑みを浮かべる。

（けっ！　腹黒皇妃め！）

アレクシアが内心でそう毒づいた瞬間、周りがざわついた。

「アレクシア。声に出ているぞ」

笑うのを我慢しているのか、肩を震わせながら娘に指摘するルシアード。

「はっ！　シアとしたことが！」

「………。皇帝陛下、この子が生きていたという第四皇女ですのね。本当に陛下にそっくりで驚きましたわ！」

アレクシアはルシアードに降ろしてもらいエリザベスの前まで行くと、とても三歳とは思えない綺麗な礼をする。

「エリザベス皇妃様、初めまちて。私はアレクシア・フォン・アウラード第四皇女でしゅ。お目にかかれて光栄でしゅ」

女官達はこの幼い皇女の挨拶に驚きを隠せない。それに身なりも綺麗になり、ルシアードと瓜二つの容姿に更に磨《みが》きがかかっていた。後宮ではなく皇宮の、しかも皇帝の私室で暮らしているという噂は本当なのだろう、と囁き合った。

「さすがアレクシアだ。綺麗な挨拶だったぞ」

ルシアードがアレクシアに向ける、見たことのない優しい態度。エリザベスはそれに酷くショックを受けるが、顔には出さずにぐっと堪える。それに一番気になるのはバレリーに対するルシアードの行動だ。

エリザベスが皇妃として後宮入りした時でさえ会いに来なかったのに、今回のバレリーの後宮入りにはわざわざ会いに来ることに焦り、そして嫉妬していた。

エリザベスは焦りや嫉妬をいつものように穏やかな顔に隠して、アレクシアに話し掛ける。

「アレクシア皇女、私にも娘がいます。是非会ってくれないかしら？」

「分かりまちた。でもシアのスケジュールは父上が管理してりゅので父上に許可を取ってくだしゃい」

「は……？」

すると、ルシアードが補足するように話し出した。

「そういうことだ。アレクシアのスケジュール管理は俺がしている。そしてお前達と会うことは許可出来ない」

唖然とするエリザベスと女官達。それと同時に豪華な馬車がやってきた。そしてそこからモール侯爵とバレリーが降りてくるが、彼女の美貌に皆が驚きざわついている。

「父上、早く手を取ってあげてくだしゃい！」

「何故……」

「馬鹿ちんでしゅか！」

ルシアードは不服そうだが、アレクシアの言う通りにバレリーの手を取る。モール侯爵は泣きながら跪き、他の女官達も礼をする。

「……バレリー。嫌そうな顔をするな」

あまりに顔に出ているので、さすがのルシアードも苦言を呈す。

「顔に出てましゅよ！」

「ハッ！　私としたことが！」

アレクシアはバレリーに物凄く親近感が湧いた。

「「……………」」

そして満面の笑みを浮かべたバレリーは、同じように微笑むエリザベスの前へやってくる。

「お久し振りです、エリザベス皇妃様。あのお茶会以来ですね」

「ええ。回復なさったと聞いてホッと致しましたわ。ようこそ後宮へ」

お互い笑顔で話しているが凄まじい冷気を放っている。

「父上は罪な男でしゅね」

「む。三歳がそんなことを言うんじゃない」

「バレリーしゃん、父上とシアが案内しましゅね！」

「まぁ！　ありがとうございます！」

そう言ってアレクシアとバレリーはモール侯爵に別れを告げて、ルシアードと三人で後宮へ入っていく。すれ違いざまにエリザベスを見ることもなかった。モール侯爵もエリザベスに挨拶することなく、馬車に乗り込んで去っていった。

「何ですか、あの態度!?」

憤《いきどお》るモエラと他の女官達。

「これからが楽しみね、モエラ」

エリザベスが後宮女官長のモエラに含みのある言い方をすると、モエラは頷き、急いで何処かに向かう。

そんなモエラを追う二つの影にエリザベス達は全く気付くことはなかった。

†

後宮の廊下を歩きながらバレリーが小声で言う。

「動きますかね？」

「バレリーしゃんには危険が及びましぇんから大丈夫でしゅ！」

「アレクシア、動いたみたいだ」

「早いでしゅね……よっぽど切羽詰まっているんでしゅよ！」

アレクシアは今から始まるであろう後宮での戦いに胸を躍《おど》らせるのだった。

9　アレクシア、後宮を掃除する

バレリーを世話する専属女官として、モール侯爵家にいた信頼出来るメイドを連れてきた。バレリーを無事に居住区画に送っていき、その後ルシアードは、アレクシアを後宮の新しい部屋に案内する。

「何でしゅか！　この広さは!?」

他の部屋とは比べ物にならない広さと豪華さに驚くアレクシア。

「落ち着きましぇんよ！」

「そうか？　これでも要望通りに小さい部屋にしたんだが」

「馬鹿ちんでしゅか！　取り敢えず父上は仕事をしてきてくだしゃい！」

「む」

アレクシアがルシアードを仕事に行かせると、見計らったように誰かが扉をノックする。

「誰でしゅか？」

「副女官長のエルと申します。お世話をさせて頂く者を連れて参りました」

「入ってくだしゃい」

その声でエルと四人の若い女官が入ってくる。

「私が副女官長のエルでございます。そしてこの者達が……」

「誰の差し金でしゅか？」

「……はい？」

そこにはルシアードの血を色濃く受け継いだ冷酷な紅い瞳を光らせて、エルを睨み付けるアレクシア皇女がいた。

「父上にシアは専属の女官はいりましぇんと言いまちたよ？　ここの女官は皇帝陛下の命令に逆らうのでしゅね」

「そんな……！　滅相もございません！」

エルはアレクシアを普通の三歳の子供だと思っていた。だが今目の前にいるのは皇帝のようなただならぬ威圧感を放つ皇女だ。

「もう一度聞きましゅよ？　誰の差し金でしゅか？」

「それは……その……」

「その人に伝えてくだしゃい。これ以上関わると痛い目を見ましゅよと」

アレクシアの圧に震えが止まらない女官達。副女官長のエルも顔面蒼白で小さく頷くと、そそくさと出ていった。

「ああ！　張り合いがないでしゅね！」

あまりに呆気なくて拍子抜けするアレクシアであった。

†

その夜、後宮は久し振りに沸《わ》いていた。皇帝が今宵《こよい》後宮で過ごすとの伝達が来たのだ。エリザベス皇妃や側妃達は自らに磨きを掛けて待っていたのだが……

「エリザベス様、皇帝陛下が……その、奥の部屋へ……」

魔法の明かりに照らされる庭の花を見ていたエリザベスは、青ざめながら報告するモエラに視線をやる。皇帝が向かった先は、アレクシアの部屋だというのだ。

わざわざ用意させた豪奢《ごうしゃ》な寝間着を鏡に映し、彼女はじっと見つめる。高級な品だが、ルシアードの目に触れたことは一度もない。すると、何がおかしいのかエリザベスは笑い始めた。

それを見たモエラ達は、エリザベスの底知れぬ不気味さに恐怖を覚えた。

「モエラ、お祖父様に手紙を書くわ。可愛い孫が増えたと伝えなきゃね」

「……はい、ペンと紙をお持ち致します」

モエラは準備するため、そそくさと出ていった。

†

一方、アレクシアは部屋で食事を済ませた。ジャイアントボアの肉にあの特製のタレをかけたステーキをルシアードと美味しく頂くと、敵の動きを報告し合う。

「エリザベスがそろそろ本格的に動き出すぞ」

「今頃実家に泣きついているんじゃないでしゅか？」

「俺はお前が心配だ」

「シアは強いでしゅから大丈夫でしゅ！　それより、シアは死産って言われてたのに何故お金が定期的に支給されていたか、分かりまちたか？」

「ああ。スーザンと財務部の役人が繋がっていた。俺の後宮への無関心さの隙を突かれた」

「これからはちゃんと確認ちてくだしゃいよ！」

幼子に怒られるルシアードだが、素直に反省していた。

実は改めて後宮の金の流れを調べていたら、スーザン妃の宮に多額の使途不明金が流れていることが分かった。その報告を聞いたローランドとロインの怒りと悲しみの入り交じった顔を思い出すと、アレクシアは何も言えなくなる。

アレクシアはスーザン妃に情など一切ないが、ローランドにとってはいくら不出来でも一人娘であり、ロインにとっても妹だ。気丈に振る舞っているが辛いだろう。

「ああ。それとスーザンは罪人として裁かれることになる。そうなると後宮でのお前の後見人を決めないといけない」

「一番に立候補してくる人物なら分かってましゅよ」

「そうだな」

「あ、スーザン妃の件で、じいじの家は大丈夫でしゅか？」

「キネガー公爵家を処罰するつもりはないし、他の貴族から見捨てられるような弱い家柄でもない。先帝もローランドを隠居に持っていくので精一杯だったからな」

「良かったでしゅ！」

アレクシアとルシアードが今後の方針を話していると、扉の外に人の気配を感じる。ルシアードは静かに扉の前まで行くと勢い良く開けた。

「あっ……」

そこにいたのは副女官長のエルだった。

「……盗み聞きか？」

ルシアードの迫力に圧倒されて震えるしかないエル。

「父上、中に入れてくだしゃい」

「む」

不服そうだが中に入れるルシアード。エルは部屋に入るなり泣き出して、絞り出すように話し始めた。

「陛下……アレクシア様……助けてください……」

「何を言って……」

「何かあったんでしゅか？」

怪訝《けげん》な顔をするルシアードを無視して、エルに近付くアレクシア。

「息子を助けてください……うぅ……」

エルの話はとても残酷なものだった。

エルは皇妃や側妃に媚《こび》を売ることなく、真面目に仕事をしてきた。だが昨日自宅に帰ると部屋が荒らされ、幼い息子が消えていたという。エルの夫は血塗れで倒れており今も瀕死《ひんし》の状態が続いているらしい。

「酷いでしゅね！」

「犯人は分かっているのか？」

「それは……」

「待ってくだしゃい！」

アレクシアがエルに手を翳すと淡く光り、暫くすると収まる。

「例のあれか？」

「あい。危うく吹き飛ぶところでちた。でももう大丈夫でしゅ！」

アレクシアが行ったのは、自爆魔法の解除だった。

「モエラ女官長に、何をしろと命じられたんでしゅか？」

「バレリー側妃をお茶会に招待するから、その時にこれをお茶に入れろと言われました」

エルはポケットから小瓶を出すと、アレクシアに差し出した。

「ルルド草か？」

「違いましゅね、これはコンブの猛毒でしゅ」

「一滴で致死量になる毒を持つあの蛇か？」

「そうでしゅ。この毒を使うとは相当残酷なやり方でしゅね」

コンブの毒は、数時間にわたり想像を絶する苦痛を与えて死に至らしめる。

「これをバレリー側妃にと……それが出来なければ息子に……飲ませると……」

「何てやちゅらだ！　シアはもう許しましぇんよ！」

怒り心頭のアレクシア。まだ幼い子にコンブの毒を使おうとする鬼畜《きちく》な連中をもう野放しには出来ない。

「待っているのも面倒だ。こちらも反撃するか」

ルシアードがそう言うと、黒ずくめの集団が一瞬で現れる。そう、彼らこそ〝暗部〟だった。

「聞いていただろう。この者の息子を探し、急ぎ救出しろ」

黒ずくめの集団は一礼した後に一瞬で消えた。エルは唖然としていたが、アレクシアに促されて椅子に座る。

「エリザベスの独断でやったことだろうな」

「そうでしゅね、ここまで大胆に動くなんて馬鹿ちんな証拠でしゅ」

「女官長のモエラも動いている。ドリアン・ロイガーの元へ行ったことが確認された」

「…………誰でしゅか？」

「ドリアンはエリザベスの祖父だ。先帝の側近中の側近だったが、失脚させて幽閉している。そいつが動き出したようだな。ありがたいことに、これで始末する理由が出来た」

「何故今まで処刑されなかったんでしゅか？」

「証人も証拠も始末していた。それに幽閉と言っても名ばかりのものだったからな。罪人扱いとはいかない」

「何処かのじいじに似てましゅね！」

取り敢えずエルと彼女の夫は皇宮に避難させることにした。その後、エルの夫は皇宮医に見てもらい回復へ向かい始めた。


だが、アレクシアはエルの息子が心配で眠れないでいた。

「アレクシア、少し寝ろ」

「どうしましょ！　……幼女なのに眠れましぇん！」

手足をバタつかせているアレクシアだが、僅かに人の気配を感じて飛び起きる。

「出てこい」

「暗部でしゅか！　息子しゃん見つかりまちたか!?」

すると黒ずくめの人物が一人現れる。

「……子供は無事でした。今両親の元へ届けました」

「敵は？」

「ドリアンの手下達は捕縛して牢に入れてありますので、いつでも尋問出来ます。それとやはり例の自爆魔法が掛かっていました」

「分かった。戻れ」

「はっ！」

黒ずくめの人物は一瞬で消えた。

「あーー！　良かったでしゅ！　安心したら眠くなりまちた……」

「明日、俺は手下を尋問する」

「手加減無用でしゅよ……」

そう言って瞼《まぶた》を閉じるアレクシアを優しく見つめて、ルシアードも眠りについたのだった。


翌日、朝一で尋問に向かったルシアードを見送ったアレクシアは着替えると、窓から浮遊魔法である人物の元へ向かっていた。その人物の前に降り立つと周りが騒がしくなる。

「アレクシア皇女⁉」

いきなり空からやってきたアレクシアに驚く後宮女官長モエラ。

「お前に話があってきたんでしゅよ」

「何でございましょうか？」

アレクシアはポケットから例の小瓶を出してモエラに見せる。するとモエラはみるみる青ざめて震え出す。

「どうしたんでしゅか？　顔色が悪いでしゅよ？」

「……いいえ」

「いいえじゃないでしゅよ？　お前がこれをエルに渡したんでしゅよね？　これは何でしゅか？」

モエラは必死に言い訳を考えているのか目が泳いでいる。

「それは……私の持病の薬です。エルに預かってもらっていて……」

「そうでしゅか。じゃあ今すぐこれを飲んでくだしゃい」

「いいえ、もう飲んだので……きゃあああ！」

しらばっくれるモエラに痺《しび》れを切らしたアレクシアは小瓶を開けて、彼女の顔に中の液体を浴びせる。それが口に入ったモエラは急いで吐き出そうとした。

「どうしたんでしゅか？　持病の薬なんでしゅよね？」

「ゴホッゴホッ…………ペッ……何てことをする……んゴホッ!?」

「手が滑ったんでしゅよ」

平然と答えるアレクシア。

「死にたくない！　……いやああ！　助けてぇ…………」

モエラは必死の形相でアレクシアに助けを求める。

「持病の薬なんでしゅよね？」

「これは……毒です……毒なんですよぉぉ……」

「何の毒でしゅか？」

「コンブ……あぁぁ！　死にたくない！」

のたうち回り騒いでいるモエラの周りには、野次馬が集まり出した。アレクシアは、更にポケットから別の小瓶を取り出す。

「シアは解毒剤を持ってましゅ。本当のことを話したら渡しましゅよ？」

モエラにも例の魔法が掛かっていたので、それを解いた後にそう告げるアレクシア。

「話します……！　エルを犯人に仕立ててバレリー側妃を殺そうと、エリザベス様が……」

「はいー、確保でしゅー！」

アレクシアがそう叫ぶと、物陰から怒りに満ちたローランドとモール侯爵、それにバレリーがやってきた。

「おちび、何をするのかと思えばやり方がえげつないな！」

ルシアードそっくりな孫に呆れつつも、モエラを厳しく睨みつけるローランド。

「さすがアレクシア皇女ですわ！」とバレリーは尊敬の眼差しでアレクシアを見ている。

モール侯爵は三歳の幼女とは思えない手腕に戦慄《せんりつ》している。

「何故…………毒は……？」と唖然とするモエラ。

「馬鹿ちんでしゅか？　嘘に決まってるじゃないでしゅか。シアは毒なんて卑怯《ひきょう》な方法は使いましぇんよ」

放心状態のモエラを、駆けつけてきた兵士が拘束した。

「ですがもうエルという証人がいるのに危険を犯さなくても」

モール侯爵が幼いアレクシアを心配する。

「シアはもう怒ってましゅ！　徹底的にやりましゅよ！」

その光景を見ていた皇妃専属の女官が急いで報告に行く。それを視界に捉えたアレクシア達はほくそ笑んだ。

†

「今何て言ったの？」

「モエラ女官長が拘束されました！　皇妃様どうしましょう！」

「何故魔法が効かないの！」

「分かりませんが……エル副女官長とその家族が保護されているようです」

「皇太子を呼んで！　今すぐよ！」

エリザベスがそう叫ぶと、報告してきた女官は急いで部屋を出ようとする。だがその瞬間を見計らったように扉が開き、入ってきたのは皇太子であるシェインと皇帝ルシアード、そしてアレクシアの三人だった。

「陛下!?」

エリザベスはルシアードの前に出て綺麗な礼をする。

「シア達のことは無視でしゅね！」

「そうだね。母上が興味あるのは父上と権力だけだからね」

仲良く話すシェインとアレクシアを見て、目付きが鋭くなるエリザベス。

「……シェイン、アレクシア皇女。いらっしゃい」

気まずそうに挨拶するエリザベスだが、警戒を決して怠《おこた》らない。

「さて、話し合いをしましゅか！」

アレクシアは皆を席に促して自分も席に着こうとするが、背が届かないのでルシアードに座らせてもらった。

「まずはじめに、あなたがバレリー側妃の暗殺指示を出したってモエラが自白しまちたよ？」

「何のことかしら？　モエラが何かしたの？　そういえば顔が見えないわね」

あくまでシラを切るエリザベス。

「白々しいでしゅね！　どちらにしても拘束されましゅよ？」

「お前の祖父であるドリアンが全て自白した。残念なことに証拠の手紙も残っているからな」

その言葉を聞いてエリザベスの余裕の表情が一変し、息子であるシェインの顔を見る。

「シェイン……どういうことなの！」

エリザベスはシェインを怒鳴りつけた。だがシェインは優雅に紅茶を飲んでいる。

「兄上に手紙を渡していたんでしゅよね？」

「…………。アレクシア皇女、またあなたが関わっているの？」

「そうでしゅね。前から兄上が父上にあなたの悪事を訴えていたのに、後宮に対して無関心だった馬鹿ちんな父上は後回しにしていたんでしゅ。遅かれ早かれあなたは処罰される運命だったんでしゅよ」

「む。すまない」

アレクシアに痛いところを突かれて、謝るしかないルシアード。

「シェイン！　どうして母を裏切ったのですか！」

化けの皮が剥がれ、鬼のような形相で自分の息子を問い詰めるエリザベス。

「母上はいつも言っていましたよね？　悪いことをすれば自分に返ってくると、今がまさにそうなんじゃないですか？」

「お前が裏切らなければこんなことになってないのよ！　陛下！　私は悪くありませんわ！　全ては祖父とシェインが私を陥《おとしい》れようとしているのです！」

「言っていることが支離滅裂《しりめつれつ》でしゅよ？　本当に兄上がまともに育ったのが奇跡でしゅね！」

「アレクシア、君は僕よりかなり年下なんだけど……」

シェインはアレクシアに苦笑いする。

そんな中、ルシアードが淡々と告げた。

「エリザベス、お前をバレリー側妃暗殺未遂と違法魔法の使用、殺人の罪で拘束する。複数人に違法である口封じ魔法を掛け、暗部〝三番〟を殺害した罪、更にはバレリーを二度も毒殺しようとした罪だ。極刑を下すことになるだろうな」

「そんなこと出来るわけありませんわ！　私の両親が黙ってないはずです！　それにスーザン側妃に私と、次々に後宮の不祥事《ふしょうじ》が明るみに出たら陛下のお立場も悪くなりますわよ？」

「お前達の悪行が明るみに出たくらいで何故俺の立場が悪くなるんだ？　それにお前の両親はお前を切り捨てたぞ？」

「…………何ですって？」

「ロイガー公爵夫妻はとっくにお前を見放していた。孫であるシェインを巻き込もうとしたことに勘づき、バレリーを陥れた事件のことをモール侯爵と調べていたらしい」

「公爵はちゃんとした人で良かったでしゅよ」

「そんな……そんな……こんなこと許されない！　私は帝国の母なのよ！」

「ならこの人は帝国そのものでしゅよ！」

アレクシアが対抗するようにルシアードを指差して宣言すると、エリザベスは崩れ落ちた。そこへ入ってきた兵士達に力ずくで拘束されると、彼女は箍《たが》が外れたように叫び出す。

「アレクシアーー！　お前のことは忘れないわよ！　呪い殺してやるから覚悟しなさい！　殺してやる！　殺してやるからなーーー！」

そう叫びながら、部屋の外へと連行されるエリザベス。

残されたアレクシアがポツリと言う。

「女って怖いでしゅね……」

「俺はあれを見て平然としているお前が怖いぞ」

「僕も君が怖いよ」

「失礼な人達でしゅね！」

そう言い合いながら親子三人が部屋を出ていくと、ちょうどバレリー側妃が渾身の力でエリザベスを思いっきり殴っているところだった。

傍でそれを見たモール侯爵は頭を抱えて、ローランドは腹を抱えて笑っている。

「おー……バレリーしゃんやりますね！」

「ええ、やってやりましたよ！」

固く握手をする二人にドン引きの周りの男達。鼻血を出して気絶したエリザベスを急いで兵士が運んでいった。

ふと、アレクシアは傍らに立つ腹違いの兄を見上げる。

「兄上もシアと一緒の親無しになりまちたね。お互い頑張りましゅよ！」

そう言ってシェインを励ます幼子。

「む。父がいるだろ」

「あっ、そうでちた！」

「…………」

アレクシアとルシアードのやり取りに驚き、そして笑ってしまうシェイン。

「アレクシア、ありがとう。僕一人だったら耐えられなかったかもしれない」

涙を堪えたようなシェインの笑みに、何とも言えない気分になり、ただただ励ますアレクシアだった。

　暫くして、アレクシアが話題を変える。

「父上、次の皇妃は第一側妃を繰り上げさせるんでしゅか？」

「……あれは駄目だろうな」

「うーん、僕も何とも言えないな～」

　言葉を濁すルシアードとシェインに、首を傾げるアレクシア。

「私が挨拶に行ったら会えませんでした」とバレリー。

　そうなると俄然気になるものだ。

「シアも会いに行こー」

「危険だ、特にアレクシアは駄目だ」

「そう言われるとますます行きたいでしゅね！」

　アレクシアにキラキラした目で見られたルシアードは、何も言えなくなる。

「あの目で見られたら何も言えなくなるね。父上、それでも付いていっては駄目ですよ？　これから報告書を作らないと！」

　アレクシアの影響なのか、シェインは父への遠慮がなくなってきた。

「シアは一人で大丈夫でしゅ、最強でしゅから！」

　そう言って、自由なアレクシアは第一側妃の宮へ歩いていった。

†

それから女官の刷新《さっしん》が行われて、新しい女官長はエルに決まった。後宮の中でアレクシアは一気に頂点に登り詰めたが、来る日も来る日も暢気に狩りに出掛けるのであった。

事件はすぐに公表され、帝国民も大きく関心を寄せたが、アレクシア皇女やシェイン皇太子に同情する声が大きく、〝毒母〟と呼ばれることになるスーザン側妃とエリザベス皇妃はただちに処刑が決まった。刑の執行はまだだが、牢獄でその時を待つこととなる。

エリザベスの祖父ドリアンは、手下を使ってエルの家族を襲ったり、毒を調達したりした罪で処罰が決まり、モエラもエリザベスの共犯扱いになり皆が刑を待っている状態だ。しかし、彼らの身内は誰も会いに来なかった。

刑が執行される前に新しい皇妃を決めないといけないが、権力を得ようと動き出す貴族達とアレクシアの戦い（？）が、今まさに始まろうとしていた。

第二章　アレクシアと皇妃争い

1　衝撃的な出会い

結局、エリザベス拘束の大事件があった日は、後宮が大騒ぎとなったため、アレクシアは第一側妃に会いに行くことはできなかった。

それから一週間ほど経ち、後宮が落ち着いた頃、彼女は目的を果たそうとしていた。

アレクシアは意気揚々と早足で廊下を歩くが、幼女のためか、なかなか前に進まない。心配してついてきてくれたバレリーが、もう抜かしそうになる。

「バレリーしゃん、すみましぇんが抱っこちてくだしゃい」

「あらあら〜いいわよ！」

嬉しそうなバレリーに抱っこされて、第一側妃の部屋に到着した。アレクシアは恐る恐る扉を叩くが、中からは一向に返事がない。

「お留守でしゅかね？」

「うーん……出直す？」

そう言って二人が帰ろうとした時、猛スピードでやってきて、勢い良く平伏す一人の女官がいた。

その勢いに固まってしまうアレクシアとバレリー。

「申し訳ございません！　うちの側妃が何かやらかしましたか!?」

「まだやらかされてましぇんが、なんか興味が湧きまちたよ！」

「はっ！　もしや部屋にも入れなかったんですか!?」

「あい」

「本当に申し訳ございません！　部屋にご案内しますが……驚かないでくださいとしか言えません！」

女官は立ち上がると、何故か意を決した様子でアレクシア達を中に促す。そんな女官を見て、ただならぬものを感じ、緊張気味に部屋に入るアレクシアとバレリー。

昼間なのに部屋の中はカーテンが閉め切られていて、薄暗く不気味だ。

「暗いでしゅね……」

「ククク……これは良いものが出来たわ…………ククク」

「不気味な笑い声がしましゅね」

バレリーはアレクシアを守るように抱き締めて、カーテンで仕切られた、灯りのついた部屋の奥へと慎重に進んでいく。

「ククク……ククク……」

あまりにも不気味な笑い声に、バレリーは歩みを止めてしまう。アレクシアはバレリーの腕からずりずりと降りて、笑い声がするカーテンの手前まで歩いていくと、臆することなく開けた。

「不気味でしゅよ！　カーテンを開けなしゃい！」

「へ……ヒイイイイイ!!」

カーテンを思いっきり開けられて、驚いた第一側妃は椅子から転げ落ち、その拍子に紙が散らばってしまう。だが、アレクシアを見ると勢い良く立ち上がり、興奮状態になって近寄ってくる。

「あああーー！　ルシアード様に似ている幼女だわ！　素晴らしい！　素晴らしいわぁぁぁ」

「ううっこの人、臭いでしゅよ！　香水以外で鼻がもげそうになったの初めてでしゅ！」

涙目のアレクシアにお構いなしに近付く第一側妃。だが、例の女官が第一側妃を後ろから絞め上げる。アレクシアとバレリーは唖然とする。主従関係なんかあったもんじゃない光景だった。

「本当に申し訳ありません！　この人に悪気はないのです！」

慣れた感じでスライディング土下座をする女官を見て、さぞかし苦労をしてきたのだろうと同情する二人。アレクシアは絞め落とされて気絶している側妃を、鼻を摘まみながらも興味津々で観察する。

顔は青白く目の下には大きな隈《くま》があり、とても側妃とは思えない薄汚れたよれよれの服に、ボサボサの髪。そして多分風呂に入っていないのだろう、兎に角臭いのだ。

「衝撃的でしゅね……確かに皇妃になるのは無理そうでしゅ」

アレクシアは女官から第一側妃の事情を聞いた。

「申し遅れました。私、シトラと申します！　ルビー様の専属女官をしております！」

やけに声が大きい女官だ。

「私は……」

「アレクシア様にバレリー様ですよね！　先日の毒母への鉄拳、見てました！」

キラキラと尊敬の眼差しで見つめてくるシトラに、むず痒くなるアレクシア。バレリーも顔を赤くして照れている。

「コホン！　それでルビーしゃんはどうちたんでしゅか？」

「はい！　ルビー様はただの熱狂的なルシアード皇帝のファンなんですよ……妄想小説を書いたり絵姿を描いたりして、一人で喜んでいる人です！　害は一切ありません！」

アレクシアが、先程ルビーが転げ落ちた時に床に散らばった紙を見ると、全てルシアードと平民女性の駆け落ちを書いた小説だった。

更に、ルシアードを煌めく王子様風に描いた絵もあり、アレクシアは生まれて三年にして初めて鳥肌が立った。バレリーはそんなルシアードの絵を見て腹を抱えて笑っている。

「側妃に選ばれて喜ぶと思ったら、『本物より妄想なのよ！』って訳が分からないことを言って、病気と偽《いつわ》って会おうとしません！」

そう言って頭を抱えるシトラ。

「まぁ、会わない方がいいこともありましゅよ」

「ですが、身だしなみにも無頓着で手に負えない、と他の女官はみんな辞めていきました。アレクシア皇女殿下！　バレリー側妃様！　どうかルビー様の更生を手伝ってください！」

「うーん……悪いところは臭いことだけでしゅからね～」と、兎に角臭いのが気になるアレクシア。

「そうね、微笑ましいとすら思うわ。あの……ぶっ……絵もとてもお上手ですしね」

あの絵が頭から離れずに思い出し笑いするバレリー。

「そんな～お願いします！　皇妃にはなれませんが、見た目だけでも何とかしたいんです！」

ルビーには子供がいないので立場も微妙だ。父親が軍のトップを務める名門侯爵家出身なので後見は申し分ないが、多分あんな感じだからエリザベス皇妃やスーザン妃には相手にされなかったのだろう。

「分かりまちた。何とかしましゅよ」

「ありがとうございます！　では、ルビー様を起こします！」

そう言ったシトラは、ルビーの頬を往復ビンタし始めて、アレクシアとバレリーが急いで止めに入ったのだった。

†

「父上、アレクシアは大丈夫ですかね？　今日はルビー様の所へ行ったのでしょう？」

執務室にて書類に追われるルシアードとシェインは、アレクシアを心配していた。

「いや、今頃俺がいなくて泣いてるかもしれん」

「………。ルビー様を見て驚いているでしょうね」

「俺は見たことないが、エリザベスがよくルビーは変な儀式をしていると言っていたな。興味がないから放っておいたが……アレクシアが危険だ」

「いや、一番大丈夫だと思いますよ？」

「早く仕事を終わらせるぞ」

そう言って急ぎ仕事を進めるルシアードに苦笑いするシェインだった。

†

さて、シトラに無理矢理起こされたルビーはというと。

「ああ あの……さき……先程は失礼……失礼しました」

「驚きまちたよ！　それに物凄く臭いでしゅよ！　お風呂に入りなちゃい！」

その通りだと言わんばかりに横で大きく頷くシトラ。

「お風呂……懐かしい響き……ククク……」

「その笑い方もやめなしゃい！　不気味でしゅよ！」

アレクシアはよちよちと歩いていき、地面に落ちていたルシアードの王子様風の絵姿を持ち上げる。そして指先から炎を出してその絵姿に近付けた。

「これがどうなってもいいんでしゅか！」

「ああああーー！　私の最高傑作がーーー！」

「お風呂に入って綺麗になるなら父上を助けましゅが、拒否するなら燃やしましゅよ！　いいんでしゅか！」

「ううう っ…………………って父上⁉　やっぱり似ていると思ったわ！　これは良い素材ねぇ………ククク……ククク……」

その頃、経験したことのない悪寒がルシアードを襲っていたのだが、アレクシアは知る由もない。

「……怖いでしゅね、シアは幼女でしゅよ！」

思わず防御態勢をとるアレクシア。

「そうね、面白いと言えば面白いけど。だってあの絵は……ぶっ……！」

やはりあの絵姿がツボなのか、笑いが止まらないバレリー。

「お風呂に入るので……お願いが…………あなたを描かせてください！　ルシアード様にアレクシア皇女……ククク……いいわーー！」

ルビーのあまりの迫力に、アレクシアは後退りしてついコクコクと頷いてしまう。

「ううっ嫌な予感がしましゅが……仕方ありましぇんね」

「本当にありがとうございます！　お風呂に入れてきますので少々お待ちください！」

シトラはそう言って、ニヤニヤと不気味に笑うルビーを問答無用で風呂場に引き摺っていった。

アレクシアとバレリーがルシアードの絵姿や小説を読んで爆笑したり鳥肌を立たせたりしながら待っていると、勢い良く扉が開き、ルシアード本人が入ってきた。

「父上、仕事は終わらせたんでしゅか？」

気配で分かっていたアレクシアはルシアードを見ても驚かない。

「ああ。……しかしここは埃臭いな。お前の体に毒だ」

「もっと毒になりゅものも見たから大丈夫でしゅよ」

そう言いながら、持っていた例の絵姿をルシアードに見せた。

「誰だ？　……まさか、これがお前の好きな男か……」

「馬鹿ちんでしゅか！」

アレクシアは的外れなことを言うルシアードを、ぽかぽかと割と本気でパンチしている。バレリーはそれを見て腹を抱えて笑っている。

「アレクシア、ここの側妃はどうした？」

「臭いからお風呂に入れてましゅよ」

アレクシアとバレリーがルビーのことを説明していると、風呂場の方から本人がスキップしてやってきた。綺麗なブルーのドレスを着ているし、赤い髪も美しく艶《つや》やかになったが、前髪で目が見えないのは変わらず、肌はやはり不健康に青白い。

「アレクシア皇女ー！　絵姿を描かせてくださいーー！　って………え？」

アレクシアの隣に佇む男性に気付き、恐る恐る長い前髪の隙間からその顔を見たルビーは固まってしまった。

「おい、死んだのか？」

「顔が怖いんでしゅよ」

失礼なことを言うルシアードに、失礼な言葉を返すアレクシア。

「本物のルシアード様ああああーー！」

急に興奮したかと思うと、鼻血まで噴き出したルビー。これにはさすがのルシアードもドン引きして、アレクシアを急いで抱き上げると後退る。

「……何かの儀式をやっていたとは本当だったんだな。アレクシア、危険だ。部屋を出るぞ」

「大丈夫でしゅよ。ルビーしゃんは父上が目の前にいるせいで興奮しているだけでしゅから。それに、シアの絵姿を描かせるって約束しちゃいまちたからね〜」

「何、アレクシアの絵姿だと？」

ルシアードは滑るように移動すると、女官に鼻血を拭いてもらっているルビーに近付く。

「おい。その絵姿を俺にも手配しろ」

「は………はいいい！　今すぐ描かせて頂きます！」

ルビーは髪を纏めて椅子に座ると、早速紙に描き始める。アレクシアの姿は頭に刻み込んだ、と恐ろしいことをぶつぶつ言いながら絵を描くことに没頭している。

それを見届けて、一同は逃げるように部屋を出た。

「シアはこれから狩りに行きましゅよ！」

「俺も……」

「馬鹿ちんでしゅか！　仕事をしなしゃい！」

「む。終わったと言っただろう」

「む。早いでしゅね……今日はじいじも行きましゅよ？　もう森で待ってるから早く行きましゅよ！　遅刻でしゅ!!」

シトラに泣きながらお礼を言われ、バレリーとも別れて二人は森に急ぐ。ルシアードはローランドがいることに不満気だ。

「勝負再開でしゅよ！」

「俺は負けないぞ？　もし俺が勝ったらお前の一週間をもらうぞ」

「えーー！　いつもと一緒でしゅよ！　つまらないでしゅ！」

「お前が負けなきゃ良いんじゃないか？　まぁ俺が勝つがな」

親子で言い合いながら森の入口に着くと、祖父であるローランド・キネガー公爵が待っていた。

「げっ！　何でお前までいるんだ!?」

ルシアードがいることにこちらも不満気だ。

「仕事は終わらせたぞ」

「では、これより魔物狩りを始めましゅよ！　制限時間は一時間で数より質でしゅからね！」

それだけ言うと大人達を置いて、さっさと浮遊魔法で森の奥深くに進み出したアレクシア。上から獲物を探していると、何処からか微かに鳴き声が聞こえてくる。

「こんな所に小動物なんかいるわけないでしゅよね？」

アレクシアは首を傾げながら地上に降りて声のする方へ進んでいくと、そこには白い毛玉が転がっていた。

2 毛玉の正体判明!?

「何なんでしゅか?」

アレクシアは白い毛玉を見る。何故かこの毛玉から懐かしい気配がする。そしてその懐かしの名前を自然と口にしていた。

「白玉?」

ピクリと反応した白い毛玉は、モゾモゾと動き出してコロンと愛らしい顔を覗かせる。見た目は生まれて間もない子犬だ。

『……主しゃま?』

子犬の可愛い瞳からポロポロと大粒の涙が溢れ落ちる。

「白玉でしゅね! ううっ白玉ーー!」

『主しゃまーー! うわーーん!』

アレクシアと白玉と呼ばれたものは久々の再会に泣き崩れる。

「すん……お前……小さくなりまちたね……すん」

『主しゃまも……すん……小さくなった……』

白玉とは前世で深い関わりがあった。大賢者アリアナは複数の魔物を使役しており、白玉はその内の一体だった。その魔物達は、長大な寿命を持っていたにもかかわらず、最終的にアリアナの後を追うことを選んだのだ。

『主しゃまの復活と共に我々も復活しまちた！　また一緒にいられるのが嬉しいでしゅよ！』

尻尾を振って喜んでいる白玉を抱きしめながらアレクシアは、今の自分の事情を説明した。

『今は皇女なんでしゅね！』

「白玉は変わらないんでしゅね！　今度はいきなり〝フェンリル〟の幼体でしゅか！」

『今の主しゃまとぴったりでしゅね！　嬉しい！　我は嬉しい！』

魔狼フェンリルは、大賢者アリアナが幼体から育てた唯一の魔物だった。親から見捨てられたただの弱いウルフだった白玉。だが、アリアナと出会い共に修業して、気付けば未知なる種〝フェンリル〟に最終進化していた。

「今はアレクシアって名前でしゅ」

『アレクシアしゃま！　またよろしくお願いしましゅ！』

アレクシアは嬉しそうに頷き、白玉も嬉しそうに尻尾を振っていた。

†

そして一時間後。

「アレクシアが戻ってこない」

「まだ二、三分過ぎただけだろ！」

ルシアードはアレクシアが集合時間に戻ってこないことを酷く心配していた。だがすぐに森の奥からアレクシアが歩いてきて、笑顔で手を振ってくる。

「む。可愛いな」

「……。ん？　おちびの頭に何か乗ってないか？」

「白い毛玉？」

アレクシアが近付いてくるにつれて、頭に乗っている白い毛玉が目立ってくる。

「遅れまちた！」

「アレクシア。頭の上に白い毛玉が乗っているのは分かっているか？」

ルシアードがそう聞くと毛玉がモゾモゾと動き、素早い動きで地面に着地した。見れば子犬がルシアード達を威嚇している。見た感じは可愛い威嚇だが、放たれている魔力はえげつなかった。

『お前達は何者でしゅか！』

「白玉、美少女シアに少し似ているけど顔が怖いのが父上で、もう一人のもっと怖い顔をしてるのがシアのじいじでしゅよ！」

「「…………」」

『そうだったんでしゅね！　失礼ちまちた！』

「「…………」」

ルシアードとローランドは子犬が話していることに絶句している。だがアレクシア達はそんなのお構いなしだった。

「この子はシアの大事なお友達の白玉でしゅ！　連れて帰るのでよろしくお願いしましゅよ！」

「……犬が話しているぞ？」

「じいじ、白玉は犬じゃないでしゅよ！　フェンリルの幼体でしゅ！」

「………は？」

「アレクシア。フェンリルは天災級の魔物だぞ？　それに今は滅びたとされる伝説の魔物だ」

ルシアードが努めて冷静に言うが、アレクシアはますます得意げになる。

「それが白玉でしゅよ！」

『えっへん！』と主に倣ってドヤ顔の白玉。

「えっへんって言うか？　フェンリルがえっへんって言うわけないだろう!?」

ローランドがついツッコむ。

『ガーン……！』

「白玉、心の声を出しちゃ駄目でしゅよ！」

『はっ！　……我はフェンリルでありゅ！』

とても可愛い子犬にしか見えないが、魔力量がここまで膨大な子犬はいないので何とも言えない
ルシアードとローランド。アレクシアが連れて帰ると言って頑《かたく》なに白玉を離さないので、渋々許可を出すしかなかった。

「アレクシア。ちゃんと世話をするんだぞ？」

「あい！」

「おいおい、大丈夫か？　みんなビビるから、その毛玉の魔力は消しておけよ？」

『我は毛玉ではない！　白玉でしゅよ！』

「フェンリルに白玉って名もどうなんだ？」

呆れるローランドを他所に、アレクシアは白玉を頭にちょこんと乗せた。

「アレクシア。狩りはどうだった？」

「…………。はっ！　忘れてまちた！」

肝心なことを忘れていたアレクシアは膝から崩れ落ちた。

ルシアードは小さく笑って見下ろす。

「俺の勝ちだな。アレクシアとの一週間、何をやらせるか考えないとな」

「じいじ！」

「悪い。二体差で負けた！」

「何てことでしゅか！」

この父親がただ一週間一緒にいるだけで満足するわけがない。どんな無茶をやらされるのか恐ろしい……

そんな孫娘を見て、申し訳なさそうに励ますローランドであった。

†

その頃、帝国内のとある屋敷でこんな会話が繰り広げられていた。

「お父様！　皇妃が捕らえられたって本当なの!?」

「ああ。これで我がモンロー家にも運が向いてきたな！」

「私にも皇妃になれるチャンスがあるのね！　例の婚約はなかったことにしてくださいな！」

「まあ焦るな。早く次の皇妃をと陛下に進言しているところだ。子供に興味がなかった陛下が今はアレクシア皇女を溺愛しているらしい。あのキネガー公爵の孫でもあるから慎重に動かんとな」

「でも母親は処刑待ちの罪人でしょう？　私が皇妃になったらそんな子供、排除してやるわ！」

そう宣言する女性と頷く壮年の男性は、まだ見ぬアレクシアを排除するために動き始めていた。

3　皇妃争いとアレクシア

白玉を見つけた狩りの翌日のこと。

「そういえば、貴族共が次の皇妃を早く迎えろと騒いでるんだってな？　今回は慎重に選べよ！」

「皇妃などいらないんだが。アレクシアがいれば充分だろう」

「あのな？　アレクシアは皇妃じゃなくて皇女だ！」

「ああ。知っている」

ローランドとアレクシアは呆れている。

今は皇宮の執務室で、貴族達の意見書を見て話し合っているところだ。意見書は全て次の皇妃を早く迎えろという内容だった。

ルシアードをはじめ、祖父のローランドと伯父のロイン、それにシェイン皇太子が揃い、頭を悩ませていた。ちなみに、例の『アレクシアの一週間』はまだ使われておらず、一応は平和な時間が流れていた。

「父上、今度こそまともな皇妃を選んでくだしゃいよ！」

「む。まともな令嬢がいないんだ」

「確かに、否定出来ましぇんね……」

『主しゃま、我がそいつらを喰《く》ってしまいましょうか？』

ロインやシェインはまだ白玉が話すのに慣れておらず、ギョッとする。白玉にはこのメンバー以外の前では話さないように言い聞かせていた。

「喰っては駄目でしゅよ、白玉がお腹壊しちゃいましゅ！」

『主しゃま、心配してくれるんでしゅね！　ううっ嬉しいでしゅ！』

そんなチビッ子達の恐ろしいやり取りを微笑ましそうに見つめるルシアード。

「取り敢えず候補の何人かと謁見《えっけん》してください」

シェインがリストをルシアードに渡す。それを興味津々で覗き込むアレクシアと白玉。

「一人目はモンロー伯爵家のリリーヌ令嬢、二人目はガーネット侯爵家のマリア令嬢、三人目はレティス伯爵家のミイカ令嬢でしゅか」

「はい。モンロー伯爵家は元々商人として財を成した新興貴族で、今回も他の貴族に金をばら撒《ま》いて推薦《すいせん》させたという噂があります」

ロインが報告したモンロー伯爵家にきな臭さを感じて、書類を見直すアレクシア。

「嫌な予感がしましゅね〜」

「僕もだよ」

アレクシアはシェインと頷き合う。あんな皇妃でもシェインにとっては母親だったから心中は複雑だろう。

「元気だちてくだしゃい！」

アレクシアに頭を撫でられて励まされるシェインは、何故か自分の父親から敵意を向けられるという理不尽さに苦笑いするしかない。

「僕は大丈夫だよ、アレクシア」

「馬鹿ちんでしゅか！　兄上はまだ十三歳なんでしゅよ！」

「………君は三歳でしょ！」

「はっ！　シアは幼女でちた！」

そのやり取りを見てコロコロ転がって笑う白玉。

温かな兄妹のやり取りが面白くないルシアードが、アレクシアを手招きして呼ぶ。

「アレクシア。こちらに来い」

「その前におトイレ行ってきましゅね」

よちよちと部屋を出ていこうとするアレクシアと白玉は、何故か当たり前のように付いてこようとするルシアードに呆れる。

「父上！　シアは幼女でしゅけどおトイレは自分で出来ましゅよ！」

「む。心配だ、トイレに流されたらどうするんだ」

「馬鹿ちんでしゅか！」

あまりのお馬鹿発言にルシアードをぽかぽか殴るアレクシアと白玉だが、ロインが部屋の扉を開けてあげると、ぷんすかしながらもよちよちと出ていった。

『主しゃまのお父上は面白いでしゅね！』

アレクシアの頭に乗っている白玉が笑いながら言う。

「笑いごとじゃないでしゅよ！　自由がほちい！」

ルシアードは愛情表現が極端だ。それは彼の不幸な家族関係によるものだと分かっているから、アレクシアは強く注意出来ないでいた。

近くにいた女官にトイレまで案内してもらい、用を済ませると、執務室に戻るべく歩いていく。すると前から複数の男性がこちらに歩いてくる。

「おいおい、こんな所に子供がいるぞ！」

一人の男性がアレクシアを見て言うと、ぞろぞろと囲まれてしまう。

「退いてくだしゃいよ」

白玉も威嚇しているが、子犬の威嚇だと馬鹿にする男性達。

「可愛いな～」

気持ち悪い目で見てくる男性はアレクシアの腕を掴もうとするが、白玉が男性の指を簡単に噛みちぎる。

「ぎゃああ、くそが！」

怒り狂った男性が白玉を捕まえようとした時、後ろから凄まじい威圧を感じた。男性が恐る恐る振り返ると、そこには怒気を放ったローランドとルシアードが立っていた。

「ヒイイイ！」

男性をはじめ、皆が急いで平伏す。

「俺の娘を取り囲んで何をしようとしたんだ？」

「汚《きたね》ぇー面《つら》を見せやがって！　覚悟は出来てんだろーなぁ！」

ルシアードはアレクシアを大事そうに抱き抱え、ローランドは孫を隠すように立つ。

「アレクシア、目を瞑《つむ》っていろ」

「あい！」

アレクシアが目を瞑った瞬間、ルシアードは剣を抜き男性の手首から先を切り落とす。

「ぎゃあああああああああ」

のたうち回る男性と凄惨な光景を見て、取り巻きの男性達は失禁しながらガタガタと震える。

ローランドが兵士に拘束するように指示を出すと、男性達は運ばれていった。

「アレクシア、今度からは俺も付いていくぞ。あんな変態がいるんだ、心配だ」

その言葉に今度は反論出来ないアレクシア。

「分かりまちた」

素直に返事をするアレクシアに満足して執務室に向かうルシアード。

「おい、あいつは何者だ？」

「レティス伯爵家の息子だな！　何で皇宮にいるんだ？」

「皇妃候補の家か、除外しよう」

「何かきな臭さを感じましゅね～。ちゃんと尋問ちてくだしゃいよ！」

「ああ。俺が尋問する」

だが、ルシアードが尋問する前に、牢に閉じ込めていた男性達は全員遺体で発見された。


「どういうことだ？」

ルシアードとローランドは地下牢の一角に立っていた。目の前には先程拘束した男性達の血塗れの遺体が転がっていた。

「見張りの兵士は全員眠らされていたらしいぞ」

「話をされては不都合なことがある奴が始末したんだろう。こいつらを皇宮に入れた奴の仕業だ」

「面倒くせーことになりそうだな」

「狙いは何にせよ、アレクシアに手を出す者は誰であろうと許さん」

「それは俺もだ」

二人は未だ見ぬ敵に宣戦布告し、大切なお姫様の元へ戻っていった。

†

「白玉～暇でしゅね～」

『暇でしゅね～主しゃま～』

ルシアードの執務室の床に寝転がりゴロゴロしているアレクシアと白玉に、苦笑いする伯父のロイン。

「皇女、お菓子でも食べますか？」

「食べましゅよ！」

『我も～！』

女官が運んできた色とりどりのお菓子に瞳を輝かすアレクシアと白玉。おちび達がクッキーを美味しく頂いていると、ルシアードとローランドが戻ってきた。

「もぐもぐ……全員……もぐもぐ……死んでたんでしゅか？」

「ああ」

「おちび、食べてから話せよ。喉に詰まったら大変だぞ！」

「あい！」

ローランドに言われて一生懸命に呑み込もうとしている。

「レティス伯爵家に皇妃候補から降りてもらうことも、ご子息が亡くなられたことも報告しませんとね」

そう言ってロインは、頭を抱えながら書類を作成している。

「伯父上は真面目でしゅね！　じいじも見習いなしゃい！」

「おい、俺も仕事してるぞ！」

必死なローランドを完全に無視して、お菓子を嬉々として食べているアレクシア。白玉は眠いのかうとうとしている。

「皇妃候補との謁見はいつしゅるんですか?」

「明日だ」

皇妃候補は二人になったが、帝国の母になる人は人格者であるべきで、エリザベスの二の舞にならないように慎重に決めないといけない。アレクシアはバレリーを推薦したいが、彼女には今まで苦しんだ分自由に過ごして欲しいからそうは言えない。

「そうだ! 狩りで仕留めた魔物を解体しゅるのでくだしゃいな」

「ああ? まさかおちびが解体するのか?」

「そうでしゅよ! シアは父上に勝ちまちたから!」

ローランドとロインが驚いてルシアードを見ると渋々だが頷いている。

「解体してどうするんだ?」

「馬鹿ちんでしゅか! ギルドに売りに行くんでしゅ! シアは幼女でしゅけどC級冒険者なんでしゅよ!」

「「は?」」

ギルドに魔物を売っていたというのは聞いていたが、C級冒険者だというのは初耳だ。ルシアードとローランドは開いた口が塞がらず、ロインがアレクシアに詳しい事情を聞く。

「シアは生きるために魔物を狩って売ってまちた。ギルドの皆しゃんも最初は驚いてまちたが実技試験も合格ちまちたし、年齢制限もないでしゅし〜!」

アレクシアは自慢げにキラリと光るギルドカードを見せびらかす。

「確かに年齢制限はないですが、まさか三歳の子がギルドに登録に来るとは思いませんよ。それに実技試験も合格って……」

『さすが主しゃま～！』

「部屋には誰も来ましぇんから自由に動けていたんでしゅよ！　最近ギルドに顔を出してないから顔見せないと死亡説が流れちゃいましゅ！」

「アレクシア、お前苦労してたんだな。すまない」

「大丈夫でしゅよ。楽ちいでしゅから！」

ルシアードはそんなアレクシアを無言で抱き締める。

「おちびは帝都のギルドマスターを知っているのか？」

「あい。アレンしゃんとはよく一緒に狩りに行きましゅね～」

その言葉に眉をピクリとさせ、一気に機嫌が悪くなるルシアード。

「これからは俺が一緒に行くから、そいつとは行くんじゃないぞ」

「えー！　父上は皇帝陛下でしゅよ！　お仕事優先でしゅからね！」

「む。一人でギルドに行くな。俺も付いていくぞ」

「ブーブー！」

「ブーブー言っても駄目だ」

「取り敢えず顔を出してきましゅよ！」

ルシアードは仕事があるため、しょうがなくローランドに付き添いを頼む。アレクシアは頭に白玉を乗せて簡素な平民服に着替えると浮遊魔法で帝都ギルド本部に向かった。

「おい、俺を置いていくな！」

「じいじー早くー！」

白い巨大な建物の前に降り立つ二人。その建物の周りには様々な職業の冒険者が集って賑わっていた。

「あーやっぱり良いでしゅねー」

「ああ」

ローランドが嬉しそうにギルドを見つめているのを不思議そうに見ながら、アレクシアはよちよちと階段を上っていく。アレクシアに気付いた周りが次第に騒がしくなる。

「おお！　シアじゃねーか！」「本当だわ！　良かった！」「ギルドマスター呼んでこい！」「シアーー！」

アレクシアが皆に手を振っていると、ギルドの入口から厳つい大男が物凄い勢いで出てきて辺りを見回して叫び出した。

「シアーー！　何処だ!?　隠れてないで出てこいー！」

「………ここにいましゅよ！」

大男は自分の足元にいた小さなアレクシアにやっと気付いた。

「シアーー！　生きてたんだな！　ううっ良かった！」

鬼のような顔から大粒の涙を流して再会を喜ぶ。

「副ギルドマスター。心配おかけちまちた」

そう言って強面の副ギルドマスターを慰める。

「おいおい、鬼みてーな面して泣くんじゃねーよ！」

「ああ？　………ってローランドさんじゃないですか！」

泣きながらも器用に驚く副ギルドマスターはアレクシアを降ろすと、嬉しそうにローランドに近寄っていったのだった。

4　ギルドマスターとアレクシア

「じいじを知ってるんでしゅか？」

「ああ、知ってるも何も、ローランドさんは現役のS級冒険者だ！」

「えぇーーー！」

S級冒険者は世界に数える程しかいない。中でもローランドは世界的にも有名な〝黄金の英雄〟と呼ばれる、皆が憧れる冒険者なのだ。

「ぶっ……！　黄金の英雄って……！」

「おちび、笑うな！　俺だって恥ずかしいんだよ！」

「シア、お前今ローランドさんをじいじって言ったか？」

副ギルドマスターが尋ねる。

「はっ！　シアとしたことが！」

「もう遅い、諦めろ。デクスター、こいつは俺の孫だ。詳しく説明するがここでは無理だな」

いつの間にか周りに野次馬と化した冒険者が集まっていた。目の前にS級冒険者で、しかも〝黄金の英雄〟がいれば大騒ぎにもなるだろう。

「気が利きませんで、部屋に案内します！」

「そういえばアレンしゃんはどうちたんでしゅか？」

アレクシアはローランドに抱っこされながら、副ギルドマスターのデクスターに、ギルドマスターであるアレンのことを聞く。

「ああ……アレンさんはシアを探して今日も朝から森へ行ってる」

「まさかシアの死亡説が流れてたんでしゅか？」

「ここ何日も顔を見せなかったからな。もしかしたらと心配してな……」

「すみましぇん！　ピンピンしてましゅ！」

「そうみたいだな、だが良かった！」

デクスターは愛おしそうにアレクシアの頭を撫で、頭の白い毛玉に気付いた。

「なんだこの毛玉？」

「毛玉じゃないでしゅよ、白玉でしゅ」

『キャンキャン！』

白玉は可愛らしく吠える。

「美味そうな名前だな！」

応接室に案内されて各自ソファーに座り、ローランドがアレクシアの素性を説明すると、デクスターは次第に青ざめていった。

「申し訳ございません！　まさか皇女殿下だとは思いませんで、無礼な態度を取りました！」

「副ギルドマスター、やめてくだしゃいな！　いつもの感じでお願いしましゅよ！」

デクスターはローランドの顔色を窺う。

「素性は隠したいからな、通常通りに話してやってくれ」

「はぁ～……分かりました」

ローランドの許可が下り、緊張が解けたように大きく息を吐くデクスターであった。


それから暫く三人で話していると、廊下が騒がしくなる。

「どけ！　シアが生きてたんだってな！　シアーーー！」

部屋の扉が勢い良く開き、一人の青年が入ってくる。綺麗な銀髪に濃いブルーの瞳が神秘的な美丈夫《びじょうふ》だ。

「アレンしゃんーー！　すみましぇん！　ご心配をお掛けちまちた！」

アレクシアは手を広げているアレンに抱きついて謝る。

「良かった！　お前、心配かけるなよ！」

落ち着いてきたアレンは、前の席にローランドが座っているのに驚く。

「ローランドさん⁉　どうしたんですか？」

「ああ、孫の付き添いだ」

ローランドとデクスターはアレクシアのことを説明するが、アレンは開いた口が塞がらない。アレクシアは我関せずで白玉とじゃれあっている。

「おいおい、マジかよ！　シア、お前皇女だったのか？」

「はい。黙っていてすみましぇんでちた。でもこれまで通り接して欲しいでしゅね」

「アレン、おちびの言う通りにしてやってくれ」

「はぁ……まあ、シアだしな！　皇女というよりじゃじゃ馬娘だな！」

アレンはアレクシアの頭を撫でるが、力が強すぎてフラフラしてしまう。ついでに髪の毛もボサボサになってしまい、白玉が器用に直してあげている。

「シア、これから冒険者稼業はどうするんだ？」

「このまま続けましゅよ！　シアはお金を貯めて悠々自適な老後を過ごすんでしゅ！」

「お前……まだ三歳だろ」

アレンはアレクシアの発言に呆れる。

「馬鹿ちんでしゅか！　お金に歳は関係ないでしゅよ！」

アレクシアの夢は、信頼出来る仲間と冒険してお金を稼ぐことだ。そのためには様々な試練を乗り越えないといけない。まずはルシアードを説得しなければならないが、それを想像する度《たび》に頭を悩ませている。

「シア、何で皇女なのに金に困っているんだ？」

アレンがアレクシアに疑問をぶつける。するとローランドが自分の娘が犯した罪を話し始めた。

「スーザンがそんなことを……シア、辛かったな」

アレンはローランド繋がりでスーザンには何回か会ったことがあった。昔から権力に執着していて、アレンのような平民を酷く見下していた。

「シアは平気でしゅよ。じいじは大丈夫でしゅか？」

「俺が甘やかしすぎた。スーザンに会いに行ったが面会を拒まれた」

落ち込むローランドを優しく励ますアレクシア。白玉はシアの不憫《ふびん》な生い立ちを聞いて泣いているデクスターを励ましている。

「ううっ……ありがとうな、白だるま！」

『キャンキャン！（白玉だ！）』

「白だるまじゃないでしゅよ！　白玉でしゅ！」

おちび達はデクスターに猛抗議するが、泣いていて聞いていない。アレクシアは溜め息を吐くと、気を取り直してアレンに魔物の鑑定をしてもらう。

「お前が狩ってくる魔物はえげつないんだよなー！　何を狩ってきたんだ？」

「えっとでしゅね、キメラ二体とロックバード四体、ブラックサーペント二体とワイバーン二体……」

「おい待て！　ワイバーンはS級だぞ⁉　それも二体ってお前……！」

「今回は父上とじいじに協力してもらいまちた。あ、でも報酬《ほうしゅう》は全部シアのものでしゅよ！」

鼻息荒く宣言するアレクシアに苦笑いのローランド。

「父上って……あのルシアード皇帝陛下か？」

「………そうでしゅよ？」

「何だ今の間は⁉　ってあの方が自分の子供に興味を持つなんてな」

「ああ。近くで見ている俺ですら今でも信じられねーよ」

そう言いながらも、魔物を査定するために解体所に向かう準備をする一同。アレクシアはローランドに抱っこされ、白玉はいつもの定位置に乗る。アレンとデクスターに続いて歩いていると、前から怒号が聞こえてきた。

「おい！　あのちび生きてたんだってな！　ウルフの餌になったと思ったのになあー、ギャハハ！」

「本当よ！　くそ生意気なガキが！」

酔っ払っているのか顔を真っ赤にして騒いでいる熊のような大男と、際どい服を着た派手な女性、それに巨漢の三人。

彼らはアレクシアが初めてギルドにやってきた時から何かと絡んでくる。一度襲われた時に返り討ちにしたのを根に持っているのだろう。

「あいつらのギルドカード、剥奪《はくだつ》したよな？」

「はい、追い出しますか？」

アレンとデクスターは三人を睨み付けている。

「何だ、あいつら？」

「シアのことが気に入らない集団でしゅよ。因縁《いんねん》つけられたから返り討ちにしたらこうなっちゃいまちて」

「こんな幼い子供を襲うだと！　外道《げどう》共が！」

ローランドは怒りを露わにし、白玉もアレクシアの頭の上から威嚇している。

熊のような大男がアレクシアに気付くと、睨み付けて怒鳴り散らす。

「いたぞ！　おいチビ！　覚悟しろよ？　お前を切り刻んでウルフの餌にしてやるからな！」

「キャハハハ！　良いわね〜！」

「きひひ」

巨漢はアレクシアを気味の悪い目で見ている。

「お前らはここに入れないはずだ！　拘束されたくなければ今すぐ出ていけ！」

アレンが警告するが、酷く酔っ払っている三人は聞く耳を持たずに、武器に手を伸ばそうとしていた。

「やれやれ、酔っ払いは困りましゅね〜」

「アレクシア、下がってろ！　こいつらただじゃおかねーぞ！」

三人に飛び掛かろうとするローランドをアレクシアが押し止めていると、凄まじい魔力がギルド内を駆け巡った。

「嫌な予感がしましゅね……」

ギルドの窓ガラスが次々と割れていき、入口のドアが物凄い勢いで吹っ飛ばされる。そしてゆっくりと歩いてきた人物に驚くアレンとデクスター。

「おいおい、何でいるんだよ！」

「どっちが悪人かわかりましぇんね」と派手な登場に呆れるアレクシア。

「む。アレクシア、こっちに来い」

アレクシアはよちよちと歩いていくと、ルシアードは嬉しそうに抱っこする。

「窓ガラスとドアは弁償でしゅよ。シアのお金はシアのものでしゅから、父上のお金で弁償ちてくだしゃいな！」

「……。あいつらは何だ？　アレクシアを切り刻んでウルフの餌にすると言っていたが」

三人は恐ろしい程の威圧感を放つルシアードを見て怯んでいる。ローランドがルシアードに事情を説明する。

「ほう……俺の娘を襲ったと」

ルシアードは無表情のまま剣を抜くと、震えて動けない三人に近付いていく。

「アレクシア、目を瞑っていろ」

「あい！」

ルシアードは三人に向けて剣を振り下ろそうとした。

「待ってください！」

その瞬間、アレンが間に入って止める。

「何のつもりだ？　そこをどけ」

「こいつらの処分はギルドに任せてもらえないでしょうか？　我々がもっと厳しく処分していればシア……アレクシア様をまた襲うことなどなかったはずです、ギルドにも責任があります。申し訳ございません！」

「アレンしゃん……。父上、ここはギルドに任せましゅよ！」

「む。こいつは誰だ？　何故アレクシアと親しいんだ？」

「取り敢えず剣を降ろしなしゃい！」

ルシアードは渋々剣を降ろすが、例の馬鹿三人はあまりの恐ろしさに気を失っている。

「シアは反省中でしゅ……父上と同じ思考になってまちた……」

「俺も止めようとしなかった、悪かったアレン」

ローランドもアレンに謝る。何食わぬ顔をしているルシアードにムッとしたアレクシアは、父の頬をぺちぺち叩く。

「痛いぞ、アレクシア」

「父上も反省してくだしゃいな！」

アレクシアに怒られ何故か嬉しそうなルシアードに、アレンやデクスターは目を疑う。皇帝は人格破綻者……これは聞いていた通りだが、自分の子供にも興味がないというのはどうやら違うらしい。

取り敢えず倒れている三人を拘束して、一同は解体所に向かう。

「父上、仕事は終わったんでしゅか！　こんな所に皇帝陛下が来てはダメでしゅよ！」

「シア……こんな所って……」とちょっとショックなアレン。

「む。終わったから来たんだ。アレクシアとの約束は守るぞ」

アレンとデクスターは皇帝に恐縮しつつも何とか解体所に辿り着いた。アレクシアは降ろしてもらい受付の職員に挨拶する。

「こんにちはー！」

「おー！　シアじゃねーか！　生きてたんなら顔を出せよ！」

「すみましぇん！」

アレクシアを厳つい男達が囲みワイワイ騒いでいるのを、面白くなさそうに見ているルシアード。

「アレクシア、こっちに来い」

「はいはい」

男達はルシアードを怪訝な目で見ていたが、後ろにいるローランドに気付くと騒ぎ出す。

「おい！　〝黄金の英雄〟じゃないですか⁉」

「本物の〝黄金の英雄〟か？」

「すげ～！　初めて見たぞ！　〝黄金の英雄〟」

「おい、やめろ！　わざとか？　わざとなのか⁉」

「アレクシア、〝黄金の英雄〟とはローランドのことか？」

「ぶっ……そうでしゅ……じいじのことでしゅよ」

ルシアードが尋ねるとアレクシアは噴き出しながら答える。

「笑うな！」

「ほう……。これからは〝黄金の英雄〟と呼ぼうか？」

「止めろ！」

そんな二人を無視して、アレクシアは解体する魔物を亜空間からどんどん出す。解体所の男達は積み上がる魔物を呆然としながら見ていた。

「俺、ワイバーンなんて初めて見たぞ」

「俺もだ、それにこれ、ブラックサーペントだよな!?」

「驚くのもいいでしゅが、早く解体ちてくだしゃいな！」

手をパンパン叩き、屈強な男達を促す三歳の幼女。そして自分も子供用のエプロンをして解体の準備を始める。

「アレクシア、お前も解体するのか？」

「そうでしゅよ？　時短のためでしゅ、父上達も手伝ってくだしゃいな！」

「む。何で……」

「馬鹿ちんでしゅか！　何のためにいるんでしゅか！」

娘にガミガミ怒られる皇帝に更に驚愕するアレンとデクスター。ローランドはその光景を見てそそくさと自分から解体の手伝いに入る。

アレクシアに強制的にピンクの熊さんエプロンを着けさせられて、解体に参加するルシアード。

「アレクシアとお揃いだな」

「口より手を動かちてくだしゃいな！」

「ああ」

「皆しゃんもスピードアップちてくだしゃい！　アレンしゃんと副ギルドマスターも解体を手伝ってくだしゃい！　早くちないとあのエプロン着けさせましゅよ！」

急いで解体に参加するアレン達。嫌がらせのつもりで押し付けたエプロンを喜んで着ているルシアードに、ちょびっと罪悪感を抱くアレクシアだった。

「父上、そのエプロンは外してくだしゃいな。シア、調子に乗りまちた」

「何故だ？」

本当に不思議そうに聞いてくるルシアードに、何も言えなくなるアレクシア。気を取り直して解体作業を再開すると、足元で白玉が尻尾を振りながら走っている。

「分かりまちたよ、ワイバーンの肉は多めにもらいましゅ」

『キャンキャン！』

「そういえばシア、この犬はどうしたんだ？」

白玉はアレンに犬と言われたのが面白くなくて威嚇するが、可愛いだけだ。

「白玉は犬じゃありましぇんよ。スノーウルフの幼体でしゅ」

フェンリルと言うと大騒ぎになるのでスノーウルフの子供ということにしたのだが、何故かアレンは驚いている。

「おい、魔物を使役しているのか!?　そんなこと出来るのはあの大賢者アリアナしかいないぞ!」

「そうなんでしゅか?」

「そうなんですかって……お前なぁ～」

「白玉とは…………シアが川で解体してたらこの子がどんぶらこーどんぶらこーって流れてきたんでしゅよ」

「そんな訳あるか!」

「本当でしゅよ!　ねぇ、白玉」

『キャンキャン!』

アレクシアと白玉の仲の良さは本物だが、魔物と一緒にいるのはさすがに心配だ。アレンは解体しているルシアードに恐る恐る近寄る。

「あの……ルシアード皇帝陛下、あの魔物は大丈夫なのですか?」

「アレクシアが大丈夫と言っているだろう」

「ですが……」

「アレンしゃん!　早く解体しないとこのエプロンを着せましゅよ!」

「む。これは俺とアレクシアだけで良いだろう」

「………。兎に角、解体して査定してお金をくだしゃいな!」

そう言いながら解体の続きに取り掛かるアレクシア。

「アレクシア、そういえば、俺の部屋から持っていったものはどうしたんだ？」

「商業ギルドで売ろうとしたんでしゅが、捕まりかけまちた」

「ああ〜！　ぶっ……ロインがお前を迎えに行ったたって聞いたぞ！」

アレクシアはルシアードの私物を商業ギルドで無断で売り捌こうとしたのだが、皇族御用達《ごようたし》の品々だったことと、持ってきたのが幼子だったことで大騒ぎになってしまい、一時拘束された。駆けつけてくれたロインの呆れた顔を今でも覚えている。

「父上、今度から金貨をくだしゃいな」

「そうだな、いくら欲しいんだ？」

「待て待て！　おちびを甘やかすな！　それに一体何に使うんだ！」

「使いましぇんよ、貯めるんでしゅ！」

五歳になったら本格的に冒険者として活動する予定であるが、問題はルシアードだ。絶対にシェインに皇帝の座を譲り、ついてくる予感がする。おまけにローランドもついてくるだろう。そうなるとただの家族旅行になってしまう。

「子離れさせないといけましぇんね〜」

「それは無理だろうな」

ルシアードを見ながら断言するアレン。

「アレンしゃん、シアは冒険者として旅に出たいんでしゅよ！」

「そのために金を貯めてんのか？」

「そうでしゅよ、でも老後のためにも貯めてましゅ」

「お前、今何歳だ！」

「三歳の幼女でしゅ」

アレクシアとアレンのやり取りを聞いていたルシアードが口を挟む。

「アレクシア、俺も旅についていくぞ」

「ええーーー！　だからそれだとただの家族旅行じゃないでしゅか！」

「む。家族旅行も良いな、今度行こう」

話にならないルシアードを無視して解体に専念することにした。そうして数時間で全ての作業が終了した。

「アレンしゃん、良い値で頼みまちたよ！」

「ああ、ワイバーンの肉を多めに渡せば良いんだな？」

「あい」

『キャン！』

外したがらないルシアードからエプロンを無理矢理取り上げつつ、金額交渉もする幼女アレクシアに、笑うしかないアレンとローランドだった。

5　皇妃候補との謁見

ギルドから帰ってきたアレクシア達。

想像していた以上の金額をもらいホクホクのアレクシアだったが、急に嫌な予感がしてルシアードを見る。

「嫌でしゅよ！」

「む。まだ何も言ってないぞ」

「でも言いましゅよね？」

「明日の謁見だが一緒に……」

「馬鹿ちんでしゅか！　嫌でしゅ！」

明日は皇妃候補との謁見がある。モンロー伯爵家のリリーヌ令嬢と、ガーネット侯爵家のマリア令嬢の二組だ。モンロー伯爵家の方はキナ臭いので要注意人物として見ている。

「『アレクシアの一週間』は俺のものだったはずだが？」

どや顔をして言うルシアードに、アレクシアはがくりと項垂れている。

「大丈夫だ、俺もロインもシェインもいるからな！」

ローランドはアレクシアを励まして帰っていった。ルシアードはアレクシアと一緒に食事を済ませると、当たり前のように後宮のアレクシアの部屋についていく。

部屋に入るとアレクシアは呆れて溜め息を吐いた。

「父上はまだ若いのに……ここには女性がいっぱいいるんでしゅよ？」

「だから何だ？」

「……シアは心配でしゅよ。老後のためにも好きな人を見つけないと駄目でしゅよ！」

「俺にはアレクシアがいるから大丈夫だ」

「何でしゅとーー！　シアが父上の面倒を見るんでしゅかーー？」

「む。俺はまだまだ元気だぞ」

「シアは好きな人と結婚ちて冒険者稼業をするのが夢なんでしゅよ！」

「好きな人だと？　いるのか!?」

「シアは幼女でしゅよ？　いまちぇん！」

「アレクシアの冒険には俺もついていくぞ」

「絶対父上に合う女性を見つけましゅ！　シアの人生が掛かってましゅからね！」

「ふっ」

「今、鼻で笑いまちたね!?」

アレクシアは白玉といつもの怒りのポカポカ攻撃をするが、ルシアードはさっさとベッドに入る。攻撃が効かずに不貞腐れたアレクシアは、ルシアードのおでこにデコピンして眠りについた。

ルシアードはおでこを嬉しそうに擦《さす》り、こちらも眠りについた。

†

次の日、ルシアードに起こされたアレクシアは、白玉と共に寝ぼけてアンデッドのようにフラフラしていた。ルシアードはそれが面白くてずっと見ていたが、従者や女官が来てしまいちょっと不機嫌になる。

食事が済むとルシアードは仕事に行き、アレクシアは皇女らしい綺麗な格好をさせられる。スカートのフリルが印象的な淡い緑のドレスに、リボンのついたお揃いの靴。髪には宝石がちりばめられたカチューシャをつけて完成だ。

その姿で皇宮にあるルシアードの執務室に向かう。アレクシアの可憐な姿に、ルシアードとローランドが目を見開く。

ルシアードは満足そうに頷いた。

「可愛いな」

「うう……頭が重いでしゅ。父上が乗ってるみたいでしゅ……」

「おい」

「おちび、可愛いな～！」

「じいじ、このカチューシャは凶器でしゅよ！」

「ぶっ……まあ、少しの我慢だから、な？」

「……〝黄金の英雄〟って言われるよりはいいでしゅけどね！」

「やめろ！」

そんなローランドとアレクシアの微笑ましい（？）会話が面白くないルシアードは、立ち上がると娘を膝に乗せて仕事を始める。

「シア、つまらないでしゅ」

「白玉を撫でていろ」

アレクシアは渋々膝で眠る白玉を撫でる。するとロインが執務室に入ってきて、ルシアードに声をかける。

「陛下、時間です」

「……もうそんな時間か」

ルシアードは嫌々立ち上がるとアレクシアを抱っこしたまま歩く。アレクシアは落ちそうになる白玉を抱っこして、されるがまま謁見の間へ向かう。

「あれ、アレクシア？　可愛いね！」

後ろからシェインが正装をしてやってきた。

「兄上は皇太子みたいでしゅね！」

「……まぁ、皇太子だからね」

皆が謁見の間に入り使用人達が準備をし始めるが、ルシアードはアレクシアを離そうとせず、一緒に椅子に座る。

アレクシアがバシバシと机を叩く。

「馬鹿ちんでしゅか！　シアは兄上の横に座るんでしゅよ！」

「む。アレクシアは俺の膝で良い」

ルシアードの隣にはシェインとアレクシアが座るための椅子が並んでいる。ローランドは壁際で立ち見の予定だ。

ローランドは欠伸《あくび》をしながら言う。

「面倒臭いからそれでいいだろ」

「うるちゃい！　〝黄金の英雄〟は黙っていてくだしゃいな！」

アレクシアが立ち上がり、ルシアードにデコピンを食らわすと、周りに緊張が走る。シェインも驚いて立ち上がるが、ルシアードの嬉しそうな顔を見て呆れ、また座る。

「アレクシア、もう終わりか？」

「…………シアの負けでしゅよ……」

こうして、アレクシアはルシアードの膝の上にちょこんと座ったのだった。


そして、謁見の間にガーネット侯爵夫妻と娘のマリア令嬢が入ってきた。

ガーネット侯爵は野心家で、絶好の機会を逃さないように娘を推薦してきた。夫人は気品ある淡いブルーのドレスを着ていて、とても穏やかそうな雰囲気の女性だ。

そしてその後ろからやってきた本日の主役の一人、マリア・ガーネット令嬢。淡いブルーの美しい髪にグリーンの瞳を持つとても美しい女性で、淡い黄色のドレスを着て品良く佇《たたず》んでいる。

彼らは深々と頭を下げた。

「面《おもて》を上げよ」

ルシアードの冷たい声が謁見の間に響き渡る。ガーネット侯爵家の面々は顔を上げると同時に驚く。皇帝の膝の上にちょこんと、皇帝にそっくりな幼子が座っていたからだ。

「よく来た。…………うっ」

一言言っただけで黙ってしまうルシアードを、アレクシアが肘《ひじ》で突《つつ》く。

「……マリア殿、ご挨拶をお願い致します」

見かねたロインが促す。マリアは一歩前に出て綺麗な礼をする。

「ルシアード皇帝陛下、私はガーネット侯爵家長女マリア・ガーネットと申します。宜しくお願い致します」

完璧な挨拶をして、また一歩下がる。アレクシアはマリアが悲しそうな目をしているのに気付く。

父親は野心的だが、娘はどこか諦めている雰囲気がある。

「後で調べましゅか」

「何だ？」

聞き返すルシアードを無視して考え込んでいるアレクシア。

この後に、ルシアードと花嫁候補の令嬢が二人きりで話す場が設けられているので、その時がチャンスだ。

その後、一言二言話すとガーネット侯爵家の番が一旦終わった。次のモンロー伯爵家の入場まで少し時間があるので、隣の部屋に移動して休憩する。

「はぁ〜緊張ちまちたよ」

「アレクシアは膝に乗ってただけだろう？」

「父上が斬りかからないように見張っていたんでしゅよ！」

「む。そんなことしない」

「…………。本気で言っているんでしゅか?」

アレクシア含めて、皆が信じられないという顔をしてルシアードを見る。

ローランドは呆れたように言う。

「こいつ、本気で言ってるのか?」

「父上は本気でしゅね。シアの部屋での惨状をなかったことにしてましゅからね」

「無礼な奴らだな」

そんな家族の微笑ましい(?)会話が終わり、いよいよモンロー伯爵家の謁見が始まろうとしていた。


入場してきたモンロー伯爵は小太りで、頭に毛が乗っているのが丸わかりだ。それを見てもルシアードは顔色を変えず、アレクシアは口を隠して笑いを堪えている。

「どうした、アレクシア。具合が悪いのか?」

「空気を読んでくだしゃい!」

そう言ってルシアードにデコピンするアレクシア。

「おちび、お前もな」

呆れるローランド達を他所に驚くモンロー伯爵家。あの冷酷無慈悲な皇帝がデコピンされて喜んでいる光景が信じられないのだ。

アレクシアはリリーヌ令嬢を見る。胸元が下品に開いた真っ赤なドレスに、これでもかと宝石をゴテゴテと着けている。

苦笑いするローランドやシェインだが、ルシアードは興味がないのか見向きもしないので、ロインが話を先に進めようとした。その時だった。

「ルシアード皇帝陛下にシェイン皇太子殿下、私はリリーヌ・モンローと申します！」

まだ発言を許していないのに勝手に話し出すリリーヌ。だが、ルシアードの怒りのスイッチは別の所にあった。

「おい、何故アレクシアに挨拶しないんだ？」

「え……？」

「アレクシアは皇女だ。シェインには挨拶をしたのに、皇女であるアレクシアは無視か？」

「皇帝陛下、アレクシア皇女殿下……申し訳ございません！　娘もわざとではないのです！　お許しください！」

モンロー伯爵が土下座をすると乗っていた毛がつるりと落ちた。静まり返る部屋にルシアードの冷たい声が響く。

「おい、何か落ちたぞ」

堪えきれずに噴き出すアレクシア。彼女の頭に乗っていた白玉もキャンキャンと笑う。

ルシアードはいきなり笑い出した娘を心配して背中を擦るが、モンロー伯爵とリリーヌが顔を真っ赤にして怒りっていたことに、二人は気付かなかった。

モンロー伯爵一家が一時退場し、自分達も控室に戻ろうとした時、ロインが呼び止めた。

「陛下、アレクシア皇女、お願いがあるのですがよろしいですか？」

6　アレクシアVSモンロー伯爵家

震えながら退場したモンロー伯爵家の人々は、控室でその怒りを爆発させていた。

「何なんだあのガキは！」

「許せないわ、憎たらしい！　どうにかしてお父様！」

落ちた毛を頭の上で整えながら椅子を蹴飛ばしているモンロー伯爵と、そんな父に同調するリリーヌ。

黙って聞いていた夫人は手を叩き、二人を落ち着かせ自分に注目させる。

「ここは皇宮よ。誰が聞いているか分からないのに、無警戒に皇女を侮辱《ぶじょく》するのはおやめなさい！」

夫人の一喝に二人は押し黙る。

「大体リリーヌのその格好は何ですか、はしたない！　あなたが甘やかすからこんな娘になるんです！」

「お前、言いすぎだぞ！　リリーヌはルシアード皇帝陛下を好きでここまで努力したんだぞ！」

「努力ですって？　あなたがお金をばら撒いたからここに来られたんでしょう？」

この言い争いは廊下まで聞こえていた。そしてそれを、扉に耳を押し当てて盗み聞きをしている人物がいた。

「夫婦仲も最悪なんでしゅね」

「アレクシア、やめろ」

「しっ！」

「む」

アレクシアの盗み聞きをやめさせようとするが、軽くあしらわれてしまうルシアード。扉に張り付く皇女と、その後ろに立つ皇帝の存在は悪目立ちしていた。

「おちび、戻るぞ」

ローランドはそんなアレクシアを扉から引き剥がして、小脇に挟み移動しようとする。するとこの騒ぎに気付いたのか、リリーヌが扉を開けた。

アレクシアと目が合い、一瞬物凄い形相で睨み付けたが、ルシアードがいると分かるとすぐに満面の笑みになり、綺麗な礼をする。

「ルシアード皇帝陛下、どうなさいました？」

自分に会いに来たと勘違いをしたのか、リリーヌは胸を強調して近付こうとする。

ところが、ルシアードは眉間に皺《しわ》を寄せた。

「おい、近付くな。何だこの臭いは」

「おおー、きつい臭いでしゅ。でも懐かしい香りでしゅね」

「ああ、言われてみれば、後宮はいつもこんな臭いがしていたな」

「あい」

ルシアードとアレクシアは暢気に話しているが、臭いと言われたリリーヌは顔をひきつらせている。するとその後ろからモンロー伯爵が顔を見せた。

「これはこれは皇帝陛下、リリーヌに会いにいらしたんでしょうか？」

「リリーヌ？　この臭い女……」

「馬鹿馬鹿ちんでしゅかー！」

アレクシアがルシアードの発言を遮った。

「おお、おちびが馬鹿を二回言ったぞ！」と何故かローランドは嬉しそうだ。

「父上、女性に臭いって言うのは失礼でしゅよ！」

「アレクシア、お前もきつい臭いって言って……」

「ましぇんよ！」

自分の過去をしれっと揉み消すアレクシアであった。

「……アレクシア皇女殿下、先程の無礼をお許しください」

唖然としていたモンロー伯爵だったが、気を取り直して笑顔を作ると、アレクシアに話し掛ける。

「気にしてましぇんよ。シアこそ笑ってしまってごめんなしゃい」

「……何のことですか？」

「落ちた毛のことでしゅよ」

悪気が大ありなアレクシアの言葉に、伯爵の額に青筋が立つ。ローランドは止めるどころか肩を震わせている。

「何のことですかな？」

「それでしゅよ！」

アレクシアが伯爵の頭を指差して大声で叫ぶ。壁際に控える女官達は笑いを堪えるのに必死だ。

ルシアードは無表情で指摘する。

「アレクシア、あれはカツラって言うんだ」

「知ってましゅ。もっとちゃんとした毛を乗せた方がいいでしゅよ、って言おうとしたんでしゅ」

「そうか、アレクシアは優しいな」

失礼極まりないアレクシアを誉める失礼極まりないルシアード。

「信じられないくらいに失礼な親子だな」

ローランドは呆れた。二人は穏やかに笑い合っているが、モンロー伯爵とリリーヌはアレクシアを睨み付けている。

「アレクシア様はまだ三歳ですから、母親が必要ですわね」

リリーヌは無理矢理笑顔を作ってアレクシアに話し掛ける。

「別に必要ありましぇん。シアは自立した幼女でしゅから」

「そんなに強がらなくて良いんですよ？」

「強がってるというか、シアは強いんでしゅよ」

「…………。陛下、皇女殿下が心配ですわ！　私が……」

「黙れ」

反応に困ってリリーヌがルシアードに話しかけた瞬間、冷たい声が飛んだ。

「え……？」

「アレクシアには俺がいるから大丈夫だ」

「重い愛情でしゅね」

全然会話が成立せず、苦戦するモンロー伯爵とリリーヌ。

そこへずっと黙っていたモンロー伯爵夫人がやってきて、頭を下げた。

「ルシアード皇帝陛下、夫と娘の無礼をお許しください。そして皇妃候補から娘を外してください」

「お母様！　何を言ってるのよ！」

「そうだぞ！　ここまでの苦労が水の泡になるだろう！」

「リリーヌ、あなたに皇妃は務まりません！　あなたも、そんな見え透いたカツラを着けてるのが悪いんですよ！」

三人が揉めているのを見て、アレクシアはしみじみと言った。

「夫人も苦労しましゅね」

「アレクシア様、分かって頂けますか⁉」

アレクシアはルシアードを、モンロー伯爵夫人は伯爵とリリーヌを見て、溜め息を吐くのだった。

「お互いに苦労しましゅね」

「そんな、アレクシア様は陛下に愛されて、そのうえお可愛らしく聡明《そうめい》でいらして、とても羨ましいですわ」

そんな彼女の言葉にルシアードが頷く。

「モンロー夫人はよく分かっているな。素晴らしい」

「父上が……父上が人を誉めていましゅよ、じぃじ大変でしゅ！　世界が滅ぶんでしゅかね⁉」

「落ち着け、おちび！」

「む。娘を誉められたんだ、礼ぐらい言うぞ」

アレクシアの態度に突破口を見つけたのか、モンロー伯爵とリリーヌは嫌な笑いを浮かべる。

「いくら皇女とはいえ、皇帝陛下に失礼ではないですか？」

「いつものことでしゅ。そんなことなどお気になさらず、〝毛〟を新しくすることを考えてくだしゃいな」

「無礼な！　これは地毛ですぞ！」

「無礼とは無礼な！　行け、白玉ー！」

『キャンキャン！』

白玉がアレクシアの頭からモンローの頭に飛び移り、毛を咥えて戻ってくる。アレクシアは悪い笑顔でそれを摘まみ上げた。

「これが地毛でしゅか？」

「返せーーー！」

「嫌でしゅよ～」

アレクシアは人差し指に毛を引っ掛けると、クルクル回しながら元気に走り回る。それを、頭を手で隠しながら必死に追い掛けるモンロー伯爵。その光景を見て、女官や兵士達は我慢の限界に達して笑い転げる。

「お母様！　止めてよ！」

「自業自得よ。ケチって安いカツラを買うからよ」

「皇帝陛下、お止めくださいませ！」

「何故だ？　アレクシアが遊んでいるだけであろう？」

平然としている母親とルシアードに、開いた口が塞がらないリリーヌであった。

†

一方その頃、ガーネット侯爵家の者達も控室で待っていた。

「マリア、何故もっと笑顔で挨拶しなかったんだ⁉　ぽっと出のモンローごときに負けていられないだろ！」

「申し訳ございません……」

ガーネット侯爵は責め立てるが、マリアは心ここにあらずでまるで聞いていない。

そんな中、廊下が騒がしくなり、モンロー伯爵の怒りに満ちた叫び声が聞こえてきた。

「何だ、騒がしいな！」

ガーネット侯爵が扉を開けると、信じられないカオスな光景が広がっていた。

ルシアード皇帝とキネガー公爵がいて、二人の視線の先ではアレクシア皇女が黒い物体をクルクル回しながら走り回っていた。それを叫びながら追い掛け回すモンロー伯爵は両手で頭を隠しているが、実際には丸見えだ。

「何なんだ？　………ぶっ」

いつも厳格でぶっきらぼうな父親が笑っているのに驚き、マリアはふと立ち上がると廊下に出てゆく。

「白玉、パスでしゅよ！」

『キャン！』

アレクシアが黒い物体を器用にパスすると、白玉は上手くキャッチする。それをヘトヘトになりながら追い掛け続けるモンロー伯爵の姿が、マリアの目に入った。

「いい加減返せ！　悪ガキが！」

伯爵が手を伸ばして掴もうとするのを避けたアレクシアだったが、黒い物体はその拍子にあらぬ方に飛んでいく。そこにはガーネット侯爵がいて、見事に彼の頭に黒い物体が着地する。

その場が一気に静まり返る。

「ぷ……フフフ！」

だがマリアが涙を流し爆笑すると、一斉に周りも笑い出す。

「すみましぇん！　手元が狂いまちた！」

アレクシアが廊下から呼び掛けると、ガーネット侯爵が目尻に浮かんだ涙を拭って答えた。

「……いいえ。これはどうしたら良いんですか？」

「マリアしゃんにパスでしゅよ～、早く！」

「え……えーーー！」

ガーネット侯爵はアレクシアに大声で急かされて、ついつい娘のマリアに投げてしまい罪悪感で頭を抱えている。マリアはパニックになり、今度はルシアードに投げてしまう。

「父上、そっちに行きまちたよー！」

「む」

ルシアードに返してもらおうと近付くモンロー伯爵だが、皇帝は期待を大きく裏切りアレクシアに投げる。

「陛下!?」

「ああ、アレクシアが遊んでるんだ。ちょっとぐらい良いだろう」

「いい加減にしろおおおお！」

怒りを爆発させたモンロー伯爵は、とうとうアレクシアを殴ろうと手を振り上げる。だが、その時、ロインとシェインが複数の兵士を連れてやってきた。

「陛下、アレクシア皇女、時間稼ぎありがとうございます。モンロー伯爵家の捜査をした者が、不正取引の帳簿《ちょうぼ》と奴隷《どれい》売買の証拠を見つけました。夫人が言っていた場所に隠されてました」

そう、この茶番はロインがお願いした『時間稼ぎ』だった。

実は、元からキナ臭かったモンロー伯爵を調べていた時に、夫人から告発の手紙が送られてきたのだ。そこには、今回の皇妃候補になるために、貴族連中に賄賂《わいろ》を渡して推薦状を書いてもらったことや、レティス伯爵家の変態息子を皇宮に手引きしたこと、暗殺者を雇い彼を始末させたこと等が記されていた。

モンロー伯爵は目を剥《む》いて声を荒らげる。

「ラオーナ、お前！　裏切ったな⁉」

「お母様！」

モンロー伯爵夫人――ラオーナは全く動じずに答える。

「裏切ったなんて人聞きの悪いことを言わないでください。私はずっとあなたの悪事を調べていましたの」

「何故だ！　何故お前が……モンロー家が破滅しても良いのか！」

「ええ、破滅してしまえば良いのよ！　我がロイズ家を破滅に追いやった恨み、晴らさせてもらいますわ！」

「アレクシア、ほら投げる……」

「馬鹿ちんでしゅか！　お黙りなしゃい！」

モンロー夫妻のやり取りを固唾《かたず》を呑んで見守っていたアレクシア達とガーネット侯爵家だが、空気の読めないルシアードが全てをぶち壊したのであった。

「夫人、伯爵がロイズ家を破滅に追いやったって、どういうことでしゅか？」

ラオーナは夫を憎悪の籠った目で睨み付ける。

「私の実家ロイズ家は商会を営《いとな》んでいて、それなりに繁盛《はんじょう》していたので家族皆幸せに生活していました。この男が現れるまでは！」

それに頷きながらローランドが言う。

「ロイズ商会なら知ってるぞ。確か商会の会長であるライアン・ロイズが事故死してから商売が傾いたんだったな。なるほど……その商会をモンローが乗っ取ったのか」

「キネガー公爵、乗っ取ったとは人聞きの悪い！　私は愛するラオーナのために商会を引き継いだのですぞ！」

口から泡を飛ばしてモンロー伯爵は抗議するが、アレクシアは半目でそれを見る。

「本当に事故死なんでしゅかねぇ」

「私もそれを疑いました！　父はこの男に会いに行く途中で崖《がけ》から落ちたのです！」

「何故会いに行ったんでしゅか？」

「この男が私にしつこく言い寄ってきて……それを止めるよう話をしに……うう……」

泣き崩れるラオーナの背中を、アレクシアは優しく擦る。

更に話を聞くと、その後、悪徳金融《きんゆう》業を営んでいたモンローが商会を買収し、好意を寄せていたラオーナと無理矢理結婚した。モンローには妻がいたが、無理矢理離縁して家から追い出してしまったという。リリーヌはモンローと先妻との子で、ラオーナとは血の繋がりはない。

「前の奥しゃんも可哀想でしゅね……」

「外道《げどう》だな」

「父上が一番言っちゃいけないでしゅよね」

「む。俺は追い出したりしてないぞ？」

「無関心も酷いでしゅよ！」

ロイズ家の人々は現在、モンロー家の庇護下で慎《つつ》ましく暮らしている。ラオーナは生き残った兄と二人でモンローの不正をずっと調べていたのだ。

「私がやったという証拠はあるのか、ラオーナ！　大体、俺が拾ってやったから家族が良い暮ら……」

「馬鹿馬鹿ちんでしゅか！　これをこうしてやりましゅ！」

アレクシアは怒りのままに、持っていたカツラを燃やしてしまう。

「あああ……何てことを！」

モンローがチリチリに燃えているカツラの残骸《ざんがい》を掴もうとしたら、白玉が火を消すためかおしっこをかけた。それを見て皆は噴き出しそうになるが何とか堪えた。

「モンロー伯爵。あなたの不正の証拠は揃っています。これから尋問をして処分を決めます」

ロインが淡々とモンローに説明して兵士を呼ぼうとすると、アレクシアが手を挙げた。

「ちょっと待ってくだしゃい。これは提案でしゅが、ライアン・ロイズを事故に見せかけて殺したのを自供しゅれば、拷問《ごうもん》や処刑を無しにするよう父上に頼みましゅが？」

「本当ですか！」

「そんな……!?」

ラオーナが悲鳴を上げる。父親の事故死の真相は知りたいが、それでこの男の刑が軽くなるのは耐えられない。だが、処刑されたくないモンローは必死に話し始める。

「知り合いの男に頼んで崖付近で襲撃させた……」

「知り合いって誰でしゅか！　具体的に言いなしゃい！」

「闇社会の人間で、アゼルドと名乗っています！　帝都の下町にある酒場のマスターをしています！」

それを聞いてシェイン皇太子と兵士が動き出した。一方ラオーナは泣き崩れる。

「皇女殿下、これで私の処刑は……」

「何のことでしゅか？」

「………は？」

「そういえばシアは幼女なので、そういう権限はないんでちた……あ、父上、処刑無しになりましゅか？」

「アレクシア、この男は凶悪犯だ。お前の願いとはいえ刑は変えられない」

「そうでしゅか……勝手なことを言ってごめんなしゃい……」

「素直に謝るとはアレクシアは偉いな」

「エヘヘ〜」

途中の問答が明らかに棒読みな、親子二人の三文芝居。

アレクシアの見事な自白引き出し作戦に、モンローは口をパクパクさせ、ラオーナは唖然とし、ローランドは苦笑いだ。

「嵌めたな、くそガキがあああ」

アレクシアに飛び掛かろうとしたモンローを、ルシアードが思い切り殴り飛ばす。モンローは大きく吹っ飛び顔面が変形し、鼻血を噴き出して倒れてしまった。

「……馬鹿ちんでしゅか！　死んじゃったじゃないでしゅか！」

「多分生きている……大丈夫だ」

ルシアードを小さな足で蹴っているアレクシアの前に、ラオーナが跪いた。

「アレクシア様……ありがとうございます！　このご恩は一生忘れませんわ！」

「いいんでしゅよ、夫人……いやラオーナしゃんには幸せになって欲しいでしゅからね。今の内に離縁の手続きをして、また一から商会を立て直してくだしゃいな！」

「うう……何て言ったら……ありがとうございます！　本当に……うう」

泣いているラオーナを一生懸命励まして、今後のことも進言するアレクシア。

ローランドとロインがそれを見ながら小声で言う。

「おい、おちびは本当に三歳か？」

「私も信じられません」

「む。アレクシアはアレクシアだ」

ルシアードはアレクシアを誇りに思い、愛おしそうに見つめていた。その時、両親をただ呆然と見ていたリリーヌが騒ぎ出した。

「ちょっと待ってください！　私はどうなるんですか⁉　皇妃になるのは私なんです！」

「何て図々《ずうずう》しい人なんでしゅか！」

「お父様のことは私には関係ありませんわ！」

リリーヌの図々しさにぷんすか怒るアレクシアだが、彼女の暴走は止まらない。

「ちょっと！　あんた母親でしょう！　何とかしなさいよ！」

怒りの矛先はラオーナに向いた。

「私はあなたを娘だと思ったことはないわ！　実の母親を身一つで追い出して、私にも散々嫌がらせや暴言を吐いてきたのに、今さら『母親でしょう』ですって!?」

ラオーナの話だと、モンローの先妻でリリーヌの母親でもある女性は、ラオーナの実家が引き取り、今は帝都の教会で元気に働いているらしい。

「あんな地味な女が母親なんて社交界で笑いものになるでしょ！　あんたの方がまだマシだから後妻としてこの家に入ることを許したのに……私に文句ばかり言うからうんざりだったのよ！」

「このーー馬鹿馬鹿ちんがーー！」

「きゃあああああ！」

堪忍袋《かんにんぶくろ》の緒が切れたアレクシアが手から水球を出して、リリーヌにぶつけると、全身が水浸しになってしまい、濃い化粧が落ちてしまう。そこには眉がない地味な顔の女性が立っていた。

「誰でしゅか！　リリーヌ令嬢は何処に行ったんでしゅか！　出てこーーい！」

「アレクシア。あれがリリーヌだぞ……多分」

「本当に失礼極まりない親子だな！」と言いながらも笑っているローランド。

「ぎゃあああああ」

リリーヌは怒りと恥ずかしさで震え、奇声を上げて頭を掻《か》き毟《むし》る。それを見て周りがドン引きしている。

「どうちましょう、変になっちゃいまちた！」

「元々変な女だろう」

「いやいや、お前らのせいだからな！」

リリーヌはアレクシアを睨み付けると襲い掛かろうとしたが、白玉が足に噛み付き、ローランドが羽交い締めにする。

「離せえええええ！　私が皇妃になるのよおおおおお！　お前は邪魔なのよおおおお！」

「黙れ。こいつを皇女を侮辱した罪で拘束しろ」

ルシアードが命じるとすぐに兵士が動き、奇声を上げ続けるリリーヌを引き摺っていく。

「とんでもない親子でちたよ」

「本当だな。大丈夫か？」

「だからお前らが言うなよ！」

少しだけ未来の話をすると、この一件から間もなく、モンローの不正や悪事に加担していた者達が次々に拘束されて、モンロー商会はなくなった。そしてアレクシアはラオーナに個人貯金から大金を投資して、ロイズ商会を復活させた。

ラオーナはすぐに離縁すると、家族と共に商会を立て直し、たった数年で世界に名を轟《とどろ》かす大商会へと成長させた。ロイズ家ではアレクシアを神のように崇《あが》め、色んな場面で彼女を支援するようになっていく。

モンローは裁判の後ただちに処刑され、加担した者達も処刑や鉱山労働等の重い刑に処された。

リリーヌは平民になったが、その後行方不明になっている。


現在に話を戻し、このとんでもない修羅場《しゅらば》を見ていたガーネット侯爵家の人々について。

侯爵はライバルが消えて笑みを隠しきれず、マリアは悲しそうな顔をしている。そんなマリアの表情に気付いたアレクシアは彼女の元へ歩いていく。

「悲しそうでしゅね、皇妃になるのが嫌なんでしゅか？」

「それは……」

「そんなことありません！」

侯爵が割って入ると、アレクシアは険しい視線を送る。

「お黙りなしゃい！　今はマリアしゃんに聞いているんでしゅよ！　どうなんでしゅか？　こんな冷酷無慈悲な父上に嫁いだら苦労しましゅよ？」

「む」

「ぶはっ！　三歳に言われてるぞ！」

ルシアードを指差し、笑うローランド。

マリアは胸のつかえが取れたように喋り出す。

「私は……私には婚約者がいたのです！　ですが皇妃に立候補するために無理矢理……婚約を解消させられたのです！　でも私は彼が、ウェイン伯爵が好きなんです！」

「可哀想じゃないでしゅか！　ガーネット侯爵、野心のために愛する娘を犠牲《ぎせい》にするなんて！　馬鹿ちんでしゅか！」

「皇女殿下、これは私共とルシアード陛下とのお話です」と、侯爵も引き下がらない。

「何ですとーー！」

憤慨《ふんがい》したアレクシアはルシアードに何やら耳打ちをする。そしてルシアードが頷くと、何故かアレクシアを肩車する。そこから幼女はガーネット侯爵を見下ろして不敵に笑う。

「大きくなりまちた！　父上よりシアが〝上〟でしゅよ！」

「そういう意味ではなくてですね……」

「いや、今は本当にアレクシアが〝上〟だな」

「本当にめちゃくちゃな親子だな！」

呆れ果てるガーネット侯爵とアレクシアの攻防は続く。

7　家族の思い出

「ガーネット侯爵、マリアしゃんが生まれた時のことを覚えていましゅか？」

「はぁ？　……ええ、覚えていますよ。念願の子供でしたから」

「マリアしゃんはさぞかし可愛かったんでしゅよね」

「それはもう可愛くて、〝お父様〟ってよく後ろをついてきましてね……仕事で家を出る時なんて大泣きしまして、大変でしたよ」

ガーネット侯爵は厳しい顔から笑顔に変わり、感慨に耽《ふけ》っている。マリアと侯爵夫人は不思議そうにアレクシアを見ている。

「そんな可愛くて仕方がないマリアしゃんを不幸にしているとは思わないんでしゅか？　皇帝陛下に嫁いだらもう会えない可能性もあるんでしゅよ！」

「会えないなんて大袈裟《おおげさ》ですよ？」

「この冷酷無慈悲な皇帝は何かあるとすぐに首を刎《は》ねましゅよ？」

ガーネット侯爵は全身から血の気が引いた。あのよちよちと自分の後をついて回って笑顔で手を振っていた可愛い我が子が、自分より先に死んでしまうことを想像して崩れ落ちる。

ルシアードが抗議しようとしたが、肩車されているアレクシアはその口を塞ぎ、大仰《おおぎょう》に悲しげな表情を作って続ける。

「実際に側妃と皇妃が処刑待ちで、女官はその場でスパーンされまちたよ？　マリアしゃんも皇妃になって、もし父上の機嫌を損ねたらスパー……」

「やめてくれえええ！」

「それでもマリアしゃんを皇妃にするんでしゅか？　シアは止めまちたよ？」

そう言いながらアレクシアがマリアに目で合図すると、彼女は意思を汲《く》み取って侯爵に近付く。

「お父様……私は大丈夫です。大好きなお父様のためなら皇妃になります」

「駄目だ……駄目だ！　マリア、お前には幸せになってもらいたいんだ！　うう……私が悪かった」

泣き崩れたガーネット侯爵を見て、マリアも泣きながら父親に抱きつく。侯爵夫人も目元をハンカチで拭きながらアレクシアに一礼した。

アレクシアの見事な〝情に訴える作戦〟が成功して、一人の女性を救ったのだった。その光景を見ていたローランドとロインは唖然としている。

「アレクシア、随分な言い方だったな。俺は傷ついたぞ」

「シアはそんな父上が好きでしゅよ！」

「……そうか。フフ」

本気で嬉しがるルシアードの頭をポンポンするアレクシア。

ガーネット侯爵は先程の無礼を謝り、機嫌の良いルシアードの許しを得て皇妃候補を辞退すると、マリアと夫人と仲良く帰っていった。

その後マリアは、念願だったウェイン伯爵との結婚を果たした。

ウェイン伯爵は領地で新しい資源を発見し、それが莫大《ばくだい》な利益を生み、領地拡大と共に侯爵に陞《しょう》爵《しゃく》。義父であるガーネット侯爵と上手く事業展開し、帝国を支える大貴族になるのだった。

ガーネット侯爵親子とウェイン伯爵は、アレクシアに深く感謝し、彼女を支援する貴族の筆頭となっていく。

ガーネット侯爵親子を見送って、ローランドが可笑しそうに笑った。

「皇妃候補が見事にいなくなったな！」

「じいじ、笑いごとじゃありましぇんよ！　シアは弟か妹が欲しいでしゅ！」

「む。俺はアレクシアだけで十分だ……」

「馬鹿ちんでしゅか！」

そう怒られても何故か嬉しそうなルシアード。彼はまだ娘を肩車していた。

「おちびにはもう兄姉《きょうだい》がいるぞ？　シェインを抜かしても皇子一人に皇女三人もいるな！」

「おおーー！　そうでした！　シアには兄姉がいっぱいいるんでしゅよね！」

「そういえば今度、陛下主催の狩りがありますので皆様が揃いますね」

ロインが言うには一年に一度、ルシアード皇帝主催の狩りが行われて、腕に自信のある貴族達が参加する。その大会には皇族が勢揃いするらしいのだ。

「狩りでしゅとー！　ウキウキ！」

『キャ……ってもう喋って大丈夫でしゅね！　良かったでしゅね、主しゃま！』

喜んで肩車されたまま小踊りするアレクシアと、嬉しそうな主を見てくるくる回る白玉。

「おちび……まさか参加するのか？」

「当たり前でしゅよ！　いいでしゅよね、父上？」

「ああ、俺と勝負しよう」

「ふっ……今度こそシアが勝ちましゅよ！」

「しょうがねーな！　俺も参加するか！」

「何でだ！」

「何ででしゅ！」

「……息がピッタリだな。ずっとルシアードと険悪だったから、俺は初参加になるな！」

ふいにアレクシアが憐れむような視線を祖父に送る。

「じいじはお年寄り……やめた方がいいんじゃ……」

「馬鹿野郎が！」

「おおー……ってシアは野郎じゃありましぇんよ！」

「そうだ、アレクシアは可愛い俺の娘だ」

騒がしい祖父と父を無視して、狩りに思いを馳せるアレクシア。一癖も二癖もある兄姉達との出会いがどうなるのか、この時はまだ知る由もなかった。

†

そうこうするうちに数週間が経過し、皇帝主催の狩りを数日後に控えたある日のこと。

各所で準備が進む中、皇帝の執務室の前で抗議活動する幼子と子犬がいた。幼子はハチマキを頭に巻いて、手にはプラカードを持っていた。

「アレクシアに自由をーー！　可愛くて賢いこの美少女に自由をくだしゃいなーー！」

『キャンキャンーー！』

近衛兵や女官達が止めようかどうしようか見守っていると執務室のドアが開き、中からロインが額を押さえながら出てきた。

「アレクシア皇女、今度は何の遊びですか？」

「何でしゅとーー!?　シアは遊んでいましぇんよ！　抗議活動でしゅ！」

ロインはアレクシアが持っているプラカードを見た。そこには大きく『暇すぎる！　自由をくれ！』とミミズが這ったような字で書いてあった。

「……これはアレクシア皇女が書いたんですか？」

「そうでしゅよ！　二時間かかりまちた！」

ドヤ顔でプラカードを見せるアレクシアだが、ロインの目が鋭く光ったのを見て悪寒が全身を駆け巡る。

「あっ！　シア、用事を思い出しまちた！」

そう言って逃げ出そうとしたが、その肩をポンと叩かれた。

「お待ちください、アレクシア皇女。お時間がたっぷりあるみたいなので、お手伝いを頼みたいのですがよろしいですか？」

「シアは……じいじの面倒を見なくちゃいけないんでしゅよ！　足腰が弱ってきて……シアがいないと歩けないいんでしゅよ……うぅ」

『クーン……』

悲しそうな演技をするアレクシアと白玉。

「父上なら執務室の中でピンピンしてますが？」

「おい、おちび聞こえてるぞ！　失礼な孫だな！」

ロインの返事と共に、執務室からローランドの元気な声が聞こえてきた。バツが悪いアレクシアと白玉は観念して、ロインと共に執務室の中に入っていく。

執務室ではローランドやシェイン、そしてルシアードが書類に追われていた。他の者はルシアードの威圧感に耐えられないため、いつも別室で仕事をしている。

ルシアードはアレクシアが入ってくると手招きするが、彼女はプラカードを掲げて猛抗議を始めた。

「シアに自由をくれるまで父上とは話しましぇん！」

アレクシアの大宣言で室内は静まり返る。皆が視線だけルシアードの方に向けると、ショックでペンを持ちながら固まっていた。

主張した本人はソファーに座り、出された果実水を飲みながらぷんすか怒っている。ずっと独りで生きてきたアレクシアだったが、いきなり父親が現れて、何故かこんなにも過保護にされているのだ。戸惑わないわけがない。

「む。アレクシア、そんなに俺と過ごすのは嫌なのか？」

やっとのことで復活したルシアードがアレクシアに問うが返事がない。

「………そうか。お前は嫌かもしれないが、俺は楽しいんだ。それを理解するまで時間がかかったが、受け入れたら毎日が楽しいんだ。あの森でお前と出会わなければ一生分からなかった感情だ」

ルシアードの一つ一つの言葉に重みを感じる。親に愛されず、毎日のように命を狙われた。孤独で辛い幼少期を過ごしてきたルシアードは、同じ境遇で生きていたアレクシアに最初はそういった理由で感情移入したのかもしれない。

だが、抱き上げると想像以上に軽くて、いつも憎まれ口ばかりで、食い意地が張っており、寝相が悪くて毎日のように蹴飛ばされても、この幼子と過ごす毎日が愛おしくて仕方がない。

アレクシアは寂しそうに笑うルシアードを見て、何とも言えない気持ちになった。

「シアは父上が嫌なわけじゃありましぇん。でも……」

アレクシアの次の言葉を待つロインとローランド。

「でも………何で一人で冒険者ギルドに行っちゃいけないんでしゅか！」

「「………はぁ？」」

ロインとローランドはポカンとしているが、シェインはそんなことだろうと思っていたと苦笑いしながら書類に目を戻した。

「む。あそこは危険だ。あの『銀髪』も男もいるし……特に『銀髪』はダメだ」

「意味不明でしゅ！　アレンしゃんはいい人でしゅよ！　ご飯を奢《おご》ってくれたり、魔物を高く買い取ってくれたり！」

「ご飯を奢ってくれただと？　アレクシア、今すぐそこへ案内しろ。俺も好きなだけ奢ってやる」

ご飯と聞いて白玉がピクリと反応した。アレクシアのお腹の虫もそろそろお昼時だと訴えかける。

「…………しょうがないでしゅね。変装してくだしゃいよ！」

「む。ああ」

ルシアードは魔法で髪を茶色にして、服を平民服にする。そして白玉を頭に乗せたアレクシアを抱っこすると部屋を出ていった。アレクシアはハチマキを頭に巻いてプラカードを持ったままであった。

閑話　アレクシアの災難

アレクシアが皇宮で暮らし始めたある日の話。

帝都中央にある質屋《しちや》。そこの主人であるリグルは、とある客に戸惑っていた。まだ幼い子供で、薄汚れた服を着て震えながらこの質屋の前に立っていたのだ。リグルは急いでドアを開け、幼子に話しかけた。

「お嬢ちゃん、お母さんかお父さんは？」

「うぅ……母さんは知りましぇん。父さんは病気で……でもお金がないから物を売りにきたの」

幼子の境遇に同情はするが、身なりからして裕福ではない。売ると言っても大した品はないだろう。どうしたものかと悩むリグル。

彼がそんなことを考えていると、幼子は使い古した麻袋からガサゴソと何かを取り出した。

何とはなしにそれを見たリグルは、目が飛び出る程驚いた。幼子が出したのは懐中時計《かいちゅう》だ。細かい細工が施されている、黄金と宝石がちりばめられた、見るからに最高級だと分かる代物だった。

「お嬢ちゃん！　こんなものを何処で手に入れたんだい⁉」

「死んだ祖父の残したものでしゅ」

その祖父は相当な金持ちだったのだろう。この懐中時計の価値を知らない幼子を騙《だま》すのは簡単だが、質屋にしてはリグルは人がよかった。

「お嬢ちゃん、これは大切なものだろう？　大切にしなさい。お金が必要ならお嬢ちゃんのその優しい心を担保に貸すよ」

そう言ってリグルは笑顔を向けるが、幼子は豹変《ひょうへん》した。

「お金が欲ちいから売るんでしゅよ！　時計はいっぱいありましゅから大丈夫でしゅ！」

そう言って麻袋から同じような、目が飛び出る程高級な懐中時計やカフス、希少な宝石などを出した。

「お嬢ちゃんは一体何者なんだい⁉」

「これは飲んだくれの伯父しゃんのものでしゅ！　どうせ酒代に消えるなら父さんの薬代にしたくて……」

悲しそうにリグルに話す幼子だが、終わりはすぐにやってきた。

「ほぅ……飲んだくれの伯父ですか」

背後から漂《ただよ》う冷気と声に固まる幼子。リグルは気配なく現れた気品ある青年に驚く。

「うちの姪《めい》がご迷惑をおかけしました」

「ん？　姪ということは飲んだくれの伯父⁉　この子は父親のためにやってしまったんだ！　許してやってくれないか？」

幼子を庇《かば》うリグルを見て感心する伯父——ロイン。

「こんな良い方を騙して罪悪感はないのですか？」

「うぅ……おじさん、すみません。シアは嘘をつきました。祖父はシアより元気でしゅし、伯父は飲んだくれじゃなくて鬼畜《きちく》……」

「何ですか？」

「良い人でしゅ」

伯父の圧力に勝てるわけがなく、白状する幼子——アレクシア。

「ん？　じゃあこれは誰のなんだい？」

リグルは戸惑いながらも、幼子が持ってきた最高級品の本来の持ち主を問う。

「これはある意味で病気の父さんのものでしゅ」

アレクシアの不敬な発言をロインは咎《とが》めない。彼もそう思っているのだろう。

「む。酷いな」

これまた気配なく質屋に入ってきたのは、リグルが見惚れる程綺麗な男性だった。

「ゲッ！　仕事はどうしたんでしゅか？」

「終わらせてきたから安心しろ」

そう言いながらアレクシアの隣に座る綺麗な男性。リグルは深い溜め息を吐く幼子の伯父に説明を求める。

「ああ、この方はこの子の父親です」

「ええ⁉」

リグルは驚きながらも、薄汚れた服を着ている幼子が上級貴族であろう綺麗な男性と似ていることに気付いた。

「この格好が気になりましゅか？　シアはこの服が楽なんでしゅよ」

「む。何故新調したドレスを着ないんだ？」

「父上はお金を無駄に使いしゅぎでしゅよ！　家計を見直さないといずれ破産しましゅよ！」

「アレクシア、その心配は一生ないぞ」

そこからアレクシアによる説教が始まった。リグルはどうしようもない父親だと呆れたが、ロインはこの皇帝に説教出来るアレクシアに苦笑いしていた。

それから皇宮に戻ったアレクシアだったが、以前、皇宮印が押されている絵画や骨董品《こっとうひん》を商業ギルドで売ろうとして拘束されたのに、また同じようなことをしたので、ロインの地獄の説教を延々と聞かされ、罰として執務室の掃除を言い渡された。

この罰でアレクシアは一日中ロインに監視されるという地獄を味わい、ルシアードは一日中アレクシアと一緒という天国を味わったのだった。

第三章　アレクシアと兄妹達

1　狩りの時間です！

「ふんふんふーーーん」

「アレクシア、機嫌が良いな」

鼻歌が止まらないくらいにご機嫌のアレクシア。今日は皇帝主催の狩りがある日で、朝から周りはバタバタと騒がしいのだが、当の主催者は後宮にあるアレクシアの部屋で一緒に準備している。

「父上とじいじには負けましぇんよ！」

「今回も負けたらお前の時間をもらうぞ」

「何ですとーー！　このままだとシアはお年寄りになっちゃいましゅよ！」

楽しそうに笑うルシアードをポカポカ殴るアレクシアを見ても、女官達は未だにこの光景に慣れないでいた。一番驚いたのはルシアードが笑っていることだ。実際に見ている今も信じられない。

アレクシアとルシアードは自分達で着替え始める。狩りがしやすい軽装だが、赤を基調とした、皇族らしく気品のある作りになっている。

準備を終えたアレクシアはルシアードに抱っこされて自室を出る。道中でロインや側近達が待っていて、一緒に会場まで移動することになった。

「陛下、本当に皇女を狩りに参加させるつもりですか？」

「ああ。問題あるか？」

「大ありですぞ！　アレクシア様はまだ三歳ですよ!?」

側近達は僅か三歳の娘を狩りに参加させると聞いて驚き、ルシアードに抗議した。

「待ってくだしゃいな！　父上ではなくてシアが参加したいって言いまちた。何故かというと狩りが好きだからでしゅ！　文句ありましゅか!?」

「しかし……」

「まだ言うんでしゅか!?　シアは父上よりも強いんでしゅよ！」

「む。俺の方が今のところ勝ってるぞ？」

「今回は絶対に勝ちましゅよ！」

側近達は楽しそうな二人に何も言えずに、黙ってついていくことにした。そして会場に着くと参加者達が皆一斉に跪く。

「畏《かしこ》まるな、楽にしろ」

ルシアードは参加者達に冷たく言い放ち、アレクシアを参加受付所に自《みずか》ら連れていく。皇帝が現れたので、受付の男性は緊張して震えている。

「この娘が参加者だ。名前はアレクシア・フォン・アウラードだ」

「は……はひ！　アレクシア・フォン……えっ？」

「参加者バッジをくだしゃいな！」

小さな手でバッジを要求するアレクシア。

「皇女殿下が……ご参加で？」

「そうでしゅよ！　はいはい、死なないので大丈夫でしゅよ！」

アレクシアは更に手を伸ばして、受付の男性が持っているバッジを奪うように取ると胸に付けた。

他の参加貴族達も驚いてアレクシアを見ている。

「おー、いたな！」

そこに現れたのは、ローランドと、バレリーの父親であるモール侯爵だ。大物貴族の登場で緊張感が最高潮《さいこうちょう》に達して、ピリピリした空気になっている。特に今回は、S級冒険者であるローランドが初参加とあって注目度が高い。

「じいじにも負けましぇんよ！」

「俺だって孫には負けてられねーな！　白玉もいるのか!?」

アレクシアの頭に乗っている白玉が元気良く吠える。

「おい、あの方が例の皇女殿下か」

「ああ、確か陛下が溺愛なさっているって聞いたが……大切な子を狩りに参加させるか？」

「始末したいんじゃないか？　険悪なキネガー公爵の孫だしな」

貴族達はこそこそと噂話を始める。そんな中、皇族達が続々と集まり、各々の席に座った。バレリーはアレクシアに気付くと笑顔で手を振り近付いてくる。

「こんにちは、バレリーしゃん！」

「こんにちは、アレクシアちゃん。頑張ってくださいね！　応援していますよ！」

「む。俺が勝つ予定だ」

「あら、予定は変更になるんじゃないですか？」

ルシアードと火花を散らすバレリー。元々ルシアードのことは好きではないと公言している彼女だが、後宮で顔を合わせる仲になってもそれは変わらなかった。ローランドとモール侯爵もこれには苦笑いである。

アレクシアはふと皇族席を見る。そこには今まで公務に参加してこなかった第一側妃のルビーの姿があり、綺麗に整った姿に変貌していた。しかしその様子は、鼻血を出しそうな興奮状態でアレクシアとルシアードを見ているのであった。

「中身は変わりましぇんね。まあ、あれがルビーしゃんでしゅな」

そしてルビーの隣には、見たことのない気品溢れる美しい女性が座っていた。淡い桃色の美しい髪に濃いブルーの瞳が印象的な人だ。多分あの人が第二側妃のエリーゼだろう。

「おーい、アレクシア！」

「シェイン兄上、こんにちは！」

「狩りに参加するんだって？　頑張って！　応援してるよ！」

「えー！　兄上は参加しないんでしゅか？」

「僕はまだ子供だからね……ってアレクシアはまだ三歳だよね⁉」

「はい、まだ幼女でしゅね」

「父上！　アレクシアはまだ三歳らしいですよ！　幼子を狩りに参加させるんですか⁉」

「らしいって何でしゅかーー！　シアは正真正銘《しょうしんしょうめい》の三歳でしゅよ！」

ルシアードはちらりとシェインに目を向けると言う。

「アレクシアは強いからな。それに見てみろ」

「？」

「可愛いだろ」

そう言ってアレクシアを抱っこするルシアードに、呆れを通り越して笑ってしまうシェイン。

「シェイン、おちびは大丈夫だ！　かなり強いからな！」

「キネガー公爵がそう言うのならば……」

「シェイン！」

シェインを呼ぶ声が聞こえて、皆が振り返ると彼に似た女の子がやってきた。金髪の美しい髪を綺麗に纏めて、ピンクの瞳が綺麗な圧倒的美少女だった。確かシェインには双子の姉がいたはずだ、とアレクシアは思い出す。

「ジェニファー、その前に父上に挨拶しなよ」

そう言われたジェニファーは、ルシアードと、彼に抱っこされているアレクシアを見る。

「父上、ごきげんよう」

「ああ」

淡々と会話する親子。ジェニファーはアレクシアに気付いているはずだが見ようとしない。

「初めまして、アレクシアでしゅ。ジェニファー皇女でしゅか？」

「……ええ」

「お姉しゃまですね！」

「…………シェイン、私もう我慢出来ない！」

「ここではやめなよ」

「無理よ！　散々我慢してようやく会えたのよ！　アレクシア皇女！」

「はい、何でしゅか？」

「…………きゃあああああ！　可愛いわ！　可愛い私の妹よーーー！」

興奮してアレクシアの頰《ほ》っぺたをツンツンするジェニファー。シェインは頭を抱えていて、ローランド達も驚いている。

「む。アレクシアは俺のアレクシアだ」

「父上だけのアレクシアちゃんじゃないわ！　父上ったら、『いつか紹介するから待て』って言うばかりで会わせてくれないんだもの。あー、頰っぺたがぷにぷにだわ〜！」

ジェニファーに対抗して、ルシアードはもう片方の頰っぺたをツンツンする。すると、両側からツンツンされっぱなしのアレクシアがわなわなと震え出した。

「馬鹿馬鹿馬鹿ちんでしゅかーー！」

ぷんすか怒るアレクシアと、怒られてやはり喜んでいるルシアードと血は争えないジェニファーであった。

「ここは公《おおやけ》の場でしゅよ！　皇族らしく振る舞いなしゃいな！」

「ええ、ごめんなさい」

「む。すまない」

ジェニファーとルシアードを見上げて説教するアレクシア。それが可愛くて仕方ないが、一応反省する振りをする二人。あの皇帝を説教する幼い皇女に皆注目している。驚愕して固まる者や、不敬極まりない皇女を不快に思う者など様々だ。

「アレクシアは最強だね」

シェインは苦笑いするしかなく、ローランドとモール侯爵はずっと爆笑している。皇族席でもバレリーがルシアードを指差して笑っていて、ルビーが激しく悶《もだ》えるのを女官のシトラが必死に止めていた。

シェインがふと第二側妃のエリーゼを見ると、天使のような微笑みでアレクシア達を見ているが、何故か不気味だった。

そしてエリーゼは立ち上がると、ルシアードの元へ優雅に歩いてくる。彼女の後ろには一人の少年と二人の少女が続く。

「ルシアード陛下、エリーゼです。今日の狩りを楽しみにしていますわ」

「ああ」

「それだけでしゅか！　ありがとうって言い……」

「アレクシア皇女」

エリーゼはアレクシアの言葉を遮った。

「初めまして、私はエリーゼよ。実の母と思って頼ってね」

母を失った幼女に対する慈愛《じあい》のこもった言葉に皆は感心する。

だが、シェインやジェニファーは冷めた目で見ている。

「アレクシアには俺がいるから大丈夫だ」

「私もいるわ！」

火花散らすルシアードとジェニファーだが、エリーゼは笑みを絶やさずに、後ろにいる自分の子供達を紹介しようと呼ぶ。

「この子はドミニクよ」

「初めまして、ドミニクだ」

ドミニクは第二皇子だ。年齢は十歳で、母親に似た桃色の髪を短く切り揃えて、淡いブルーの瞳を持っている。理知的なシェインと正反対の野性的な美少年だ。

「そしてこの子達は双子のカヒルとエメルよ」

「「初めまして」」

カヒルとエメルは双子の皇女であり、歳は八歳で、こちらも母親に似た桃色の髪とブルーの瞳の、天使のような女の子達だ。

アレクシアは地面に降ろしてもらうと片手を上げて挨拶する。

「初めまして、アレクシアでしゅ。歳は三歳でしゅ！」

エリーゼはその仕草を見て微笑んだ。

「ふふ、可愛いわね。それに本当に陛下と瓜二つね」

「えー、似てましゅか？」

「む。似ていて良いだろう？」

「シアはこんなに無愛想《ぶあいそ》じゃないでしゅけどねぇ」

「アレクシアは可愛いからな」

「……真面目に言われると照れましゅからやめーい！」

そう言って照れ隠しでポカポカ叩くアレクシアだが、それを見てドミニクと双子姉妹は酷く驚いた。次の瞬間、ドミニクが怒りの表情でアレクシアを思いっきり平手打ちをする。

アレクシアは横に吹っ飛び倒れる。一瞬で場が静まり、すぐに恐ろしい程の冷気が会場で満たされた。参加者の中には倒れる人も現れる。

その元凶はルシアードとローランドだった。

アレクシアに駆け寄るジェニファーとバレリー、それにルビー。シェインもドミニクを睨み付ける。

「アレクシアちゃん、大丈夫？　ああ……頬っぺたが」

「大丈夫でしゅよジェニファー姉上……幼女なので吹っ飛んでしまいまちた。シアとしたことが！」

皆に起き上がらせてもらったアレクシアがルシアードの方を見ると、剣を抜きドミニクに振りかざしていた。ローランド達はそれを止めずに見ている。

「馬鹿ちんでしゅかーー！　やめーぃ！」

アレクシアが素早く動き、ドミニクの前に立つ。

「アレクシア……大丈夫か？　頬が腫れているぞ」

口ぶりと表情こそ冷静だが、アレクシアには今の父が感情的になっていることがよく分かる。

剣を再びドミニクに向けようとするのを必死に止める。

「父上、これはシアとドミニク兄上の兄妹喧嘩でしゅよ！　任せてくだしゃいな！」

「しかし……」

アレクシアはドミニクの元に歩いていく。

「何で殴ったんでしゅか！　答えなしゃい！」

「……お前が皇帝陛下である父上を馬鹿にして殴っていたからだ！」

「この馬鹿ちんがーーー！」

「ぐわあああーーー！」

アレクシアは浮遊するとドミニクの胸ぐらを掴み、思いっきり平手打ちをする。ドミニクは物凄い勢いで数十メートルは吹っ飛び、木に激突した。

ローランドが目を剥いて叫んだ。

「おい！　死んだぞ！　あれは死んだ！」

「じいじ、シアは手加減しまちたから大丈夫でしゅよ」

「どこが手加減なんだ!?」

「殺さなかったんだな。アレクシアは偉いな」

「何だこの似たもの親子！」

ローランドにとってドミニクはどうでもいい存在なので、ルシアードが斬ろうとしても止めることはないが、こんなやり方で殺されてはツッコまずにはいられない。

アレクシアの頬は、ルシアードが回復魔法を掛けて治した。白玉は怒って、倒れているドミニクの足に噛みついている。ドミニクは白玉の噛みつきに反応しているので生きてはいるが、恐らく重傷だろう。周りの人々は、物凄い力の幼子に驚くしかない。

そんな争いを他人事のように冷静に見て、息子に駆け寄りもしないエリーゼに、アレクシアは不安と怒りが湧く。

「殴ったシアが言うことじゃないでしゅが、兄上の所に行かなくていいんでしゅか？」

「……ええ。先に手を出したのはドミニクです。殺されても仕方がありませんわ」

「馬鹿なお兄様」

アレクシアはこんな時でも微笑みを絶やさずにいるエリーゼと、実の兄を馬鹿にする双子の姉妹を見てぞっとした。

「父上、早く狩りを始めましゅよ。この親子、気持ち悪いでしゅ」

ルシアードの手を引き、森の入り口に向かうアレクシアを、エリーゼはいつまでも笑顔で見つめていた。

2　いよいよスタートです！

エリーゼ親子から離れて、スタート位置につくアレクシアとルシアード。アレクシアにズボンの端を引っ張られて歩くルシアードはとても嬉しそうだ。その光景を唖然と見ていた参加者達も気を取り直して各々準備を始める。

「楽しみでしゅね〜！」

「そうだな、こんなに楽しみなのは俺も初めてだ」

「おお〜！　可愛いことを言いましゅな〜！」

「む」

アレクシアは先頭まで歩いていくと、準備運動を始める。ちんまりしたアレクシアを踏まないように慎重に並ぼうとする大人達に、観客席や皇族席から笑い声が上がる。

そして皆が落ち着いてきたので、ロインがこの大会の説明を始める。

「年に一回の皇帝陛下主催の狩りを始めます。今回は特例でアレクシア皇女も参加致します」

「よろしくお願いしましゅよ〜！」

とても軽い挨拶をする皇女。

「……。そして初参加の方が多いので、詳しく説明させて頂きます。今回も、狩りは皇宮近くの〝深淵の森〟で行います。制限時間は二時間。勝利条件は数ではなく、魔物のランクで決めますので、より高ランクの魔物を狩ってください。それと、怪我した方は無理をせずに救護テントへ向かってください」

「ハーーイ、質問でしゅー！　優勝したら何がもらえるんでしゅか？　金貨でしゅか？　金貨でしゅよね！」

「……。いえ、金貨ではなく、陛下から勲章《くんしょう》の授与と名誉が……」

「馬鹿馬鹿ちんでしゅかーーー！」

「はい？」

いきなり怒り出したアレクシアに驚く参加者一同。ロインも何故怒られているか分からない。

「皇女、何かご不満ですか？」

「ご不満でしゅよ！　シアは勲章も名誉もいりましぇん！　父上とは嫌という程毎日一緒にいましゅ～！」

「む。嫌なのか？」

しょんぼりするルシアードを無視して、ロインに詰め寄るアレクシア。

「皇女は何が良いんで……」

「金貨でしゅ！　金貨をくだしゃいな！」

「金貨……が欲しいんですか？　………どうしますか、陛下」

「父上のへそくりから貰うので大丈夫でしゅよ」

そう言ってキラキラした瞳でルシアードを見つめるアレクシア。しょんぼりしていたルシアードも、娘の様子を見て頬が緩む。

「アレクシアが頑張るなら金貨を出そう。もちろん、他の者が優勝しても出す」

「いよ！　さすが父上〜！」

小踊りして喜ぶアレクシアを温かい目で見るルシアードとローランド達。参加者も褒賞《ほうしょう》が増えたことでやる気に満ちている。

「はぁ。ええと、今回から賞金も出ます。皆様、頑張ってください。ではスタートしてください！」

ロインの掛け声で一斉にスタートとなり、参加者達は各々森へ入っていく。アレクシアも一生懸命よちよちと歩いているが、大人の足には勝てない。

ルシアードやローランドは、後ろからアレクシアを見守っている。

「シアは幼女なので、浮遊魔法を使いましゅよ！」

ふわりと浮くと物凄い勢いで森に入っていく。ルシアードとローランド、それにモール侯爵はアレクシアを見届けると森へ入っていくのだった。


一方、アレクシアは森の奥深くを目指していた。頭には白玉が飛ばされないように必死で張り付いている。

『主しゃま、向こうから強い魔物の気配がしましゅよ〜！』

「確かに！　……でもこの気配は……」

『はい！　あいつでしゅよ！』

森の最深部に到着したアレクシアは、懐かしい気配を感じたのでそれを追う。すると大木に寄り掛かっている小さな黒い塊《かたまり》を見つけた。

「お前は黒蜜？」

『こにょ気配は⁉』

黒い塊がもぞもぞと動いて顔を見せた。可愛らしい紅い瞳の黒い子犬だったが、普通の子犬と違って、足元で黒い炎が燃えている。

「黒蜜も小さいでしゅね！」

『ましゃか……主しゃまでしゅか？　そっちは白玉？』

「そうだよ！　今はアレクシアって言うの！」

『元気そうで何よりでしゅよ、黒蜜！』

黒蜜と呼ばれたこの黒い子犬の正体はガルムだ。〝地獄の番犬〟と渾名《あだな》される、フェンリルと並ぶ伝説の魔物であり、国を一晩で壊滅させた逸話《いつわ》があった。そしてもちろん、大賢者アリアナの従魔である。

「黒蜜も一緒に来る？」

『当たり前でしゅよ！　主しゃまとどこまでもいっちょでしゅ！』

白玉とじゃれついていた黒蜜は、尻尾を振りながらアレクシアの周りを走り始めた。

その頃、アレクシアの近くに強大すぎる魔力が現れたのを感じ取ったルシアードは、急いでいた。

もしアレクシアに何かあったらと考えただけで怒りが込み上げる。

そして森の最深部に佇む大木に辿り着くと、そこには二匹の子犬と戯《たわむ》れるアレクシアがいた。

「アレクシア？」

「あれ、父上？　…………ってあーーー！」

アレクシアの叫び声に驚いた白玉と黒蜜がコロコロ転がっていく。

「早く狩りをしないと！　金貨が！」

「その黒いのは……またとんでもないのを拾ったな」

「黒蜜って言いましゅ！」

『主しゃまのお父上でしゅか！　私は黒蜜と申しましゅ！』

尻尾を振りながらルシアードの周りを走り回る黒蜜。その正体がガルムであると見抜き、ルシアードは驚きを隠せない。

「アレクシア……」

「何でしゅかー？」

「伝説の魔物に黒蜜はないだろう」

「可愛いじゃないでしゅか！」

ネーミングセンスに呆れるルシアードに猛抗議するアレクシアだった。

「黒蜜と遊んでたらもう一時間経っちゃいまちた！　父上はもう狩ったんでしゅか？」

「ああ、俺は終わっている」

「何でしゅとーー！　白玉、黒蜜！　魔物狩りに行きましゅよ！」

『はいでしゅ！』

二匹は良い返事をしてアレクシアの頭と肩にしがみつく。アレクシアは走りかけたが、一つ気になることがありピタリと止まる。

「何でついてくるんでしゅか？」

アレクシアの後ろに、ルシアードが当たり前のようについていこうとしていた。

「俺は終わっているから自由行動してるんだ」

「自由ならあっちに行ってくだしゃいな！　こっちはシアのテリトリーでしゅよ！」

「これでテリトリーに入れてくれ」

「これは……金貨!?　…………しょうがないでしゅね〜」

『金貨で主しゃまを釣るお父上もどうかと思いましゅが、受け取る主しゃまも主しゃまでしゅよ！』

『黒蜜、この二人は似たもの親子なんでしゅよ』

親子とは思えないやり取りに苦言を呈する真面目な黒蜜に、白玉が言う。

「黒蜜、魔力を抑えてくだしゃいね。魔物が寄ってこないでしゅ」

『はい、主しゃま！』

黒蜜は淡く光を出した。その光が収まると共に、足の黒炎が消えて魔力も感じなくなった。二人と二匹は森の最深部へ進んでいく。

「何か変でしゅね、こんなに魔物の気配がしないなんて」

「確かに変だな」

「うーん、このままだと魔物を狩れましぇんよ！」

「アレクシア。良い方法があるぞ」

「何でしゅかー？　一応聞きましゅよ」

「この二匹の内どちらかを狩っ……」

「馬鹿馬鹿ちんでしゅかーー！」

『『酷いでしゅー！』』

アレクシアはルシアードに必殺浮遊デコピンを食らわし、白玉と黒蜜も猛抗議する。

「もう！　父上に構っていたら時間がなくなりましゅよ！」

ぷんすか怒るアレクシアと構われて嬉しそうなルシアード。だがその時、前方から不気味でおぞましい気配がした。

「何かに呼ばれている気がしましゅね」

「罠《わな》かもしれないぞ」

アレクシア達が慎重に森を進むと、強い魔力を持つおぞましい鳴き声の化物が木々を薙ぎ倒しながら近付いてきた。

「気持ち悪い姿でしゅね」

「醜《みにく》いな」

アレクシアとルシアードが戦闘態勢を取る。現れたのは、額に二本の角《つの》が生えていて赤目が四つあり、肌は浅黒く巨大な翼を持ち、手足が長い怪物であった。

「あれは……もしかして」

「ああ。魔人だな」

魔人とは古代の術で召喚《しょうかん》出来る〝魔に堕《お》ちた人〟だ。あまりにも危険な存在のため、現在では魔人の召喚は禁忌《きんき》とされている。魔人一体で国が壊滅的な被害を受けたことがあり、その強さは異常だ。

「今の時代にまだ魔人を召喚する術を使える者がいるんでしゅか？」

「術書は帝国の魔術研究機関で厳重に保管されているはずだが」

「どうやら厳重じゃないみたいでしゅな」

魔人はルシアードには目もくれず、物凄い勢いでアレクシアを攻撃してきた。アレクシアが動く前にルシアードが抱き上げ、防御魔法を発動させると同時に風の最上級魔法【風神】を無詠唱で魔人に放った。

「ギィエエエエエエエーーー!!」

魔人は避けようとしたが間に合わず、片腕と片方の翼を切り刻まれる。たまらずおぞましい叫び声を上げてのたうち回った。

「醜い声をアレクシアに聞かせるな」

ルシアードが冷たく言い放ち、剣を振り下ろそうとした時だった。

「待ってくだしゃいな！」

アレクシアはルシアードから無理矢理降りると、すぐに魔法を発動させる。

「シアの狩りでしゅよ！　ククク……魔人に勝てる人はいましぇんよね」

そう言うと、先程ルシアードが放った風の最上級魔法【風神】を、アレクシアも無詠唱で放った。

ルシアードは自然と拍手をする。

「さすが俺の娘だな」

魔人の首が一瞬で飛び、命が尽きた。魔人もこんなことになるとは思わなかっただろうが、相手が悪かった。

「獲物～！　獲物～！」

小踊りしながら魔人の死体を亜空間にポイッと入れるアレクシア。その間、ルシアードはいつも以上に恐ろしい顔で考え事をしていた。

「どうしたんでしゅか？」

「あの魔人はお前だけを狙っていたな。召喚した奴がそう仕向けたのかもしれない」

「シアを狙うとはいい度胸《どきょう》してましゅね」

「ああ、徹底的に調べて見つけ出してやる」

そう言って固く握手をするアレクシアとルシアードであった。

『……本当に似たもの同士でしゅね』

『そうなんでしゅ』

そんな二人を見て呆れる黒蜜と白玉だが、大事な主を狙った犯人が憎いのは一緒なのでぷんぷん怒っている。

彼らが不敵な笑みを浮かべて会場に戻ろうとした時だった。弱い魔力が近付いてくる気配がして、アレクシアは振り返る。するとフラフラと血塗れで歩いてくる一人の青年が見えた。青年は途中で力尽きて倒れてしまった。

「うーん、シアの長年の勘でしゅが、あの感じは訳ありでしゅね〜」

「アレクシア、お前はまだ三歳だぞ」

最近はツッコミも出来るようになったルシアードを無視して、アレクシアは青年の元へ向かった。

3　あなたは誰ですか？

目の前で倒れた青年に近付こうとして、ルシアードに抱っこされたアレクシア。白玉と黒蜜は青年の周りを歩いてクンクンと匂いを嗅《か》いでいる。

「父上、離してくだしゃいな！　回復させて何か知っているか尋問しましゅ！」

「俺が回復させる。アレクシアが男に近付くのは駄目だぞ」

「……。馬鹿ちんな理由でしゅね、なら早く回復させてくだしゃいな！」

ルシアードは回復魔法を発動させ、青年の傷を癒《いや》す。すると、閉じていた瞼が動いた。

「ん……俺は死んだのか？」

「生きてましゅよ！　早く起きてくだしゃいな！」

怪我をしていた青年は沈黙《ちんもく》の後、勢い良く飛び上がり頭を抱えて叫んだ。

「ああーー！　早く陛下に助けを求めないと、アレクシア皇女が危ない！　ああーーアレクシア皇女！」

「何でしゅか！　ここにいましゅよ、煩いでしゅね〜！」

「え…………ええーーーー！　皇帝陛下もいるーーー！　ひいいい！」

あまりの煩さに白玉と黒蜜が耳を塞ぎ、アレクシアは黙って剣を抜いたルシアードを抑えている。

「父上、堪えてくだしゃい。事情を聞くまでは斬っては駄目でしゅよ！」

「む。分かった、早く事情を話せ」

「事情を……えっ……事情を話したら俺は斬られるんですか！　ううっ親父、お袋……親不孝《おやふこう》にも先に逝《い》く……」

「冗談でしゅよ！　もう！」

青年と、彼を威嚇する白玉と黒蜜、そしてルシアードを宥めて落ち着かせると、事情を聞いた。

「どうしてここにいたんでしゅか？　あの魔人と関係あるんでしゅか？」

「はっ！　魔人はどうし……」

「こうなってましゅよ！」

「ひいいい！」

アレクシアは亜空間から魔人の首を引っ張り出して青年に見せる。青年は腰を抜かして震えている。それもそのはずで、青年はこの魔人に瀕死《ひんし》の傷を負わされたのだった。

「こいつが生きているということは、やはりアレクシアを狙ったんだろうな。こいつは魔人を止めようとしたから排除されたんだろう」

「ふむ。でも何故シアを狙うんでしゅかね？　普通の可愛らしい幼女なのに！　ぷんすかプンプンでしゅよ！」

「確かにな。アレクシアは可愛すぎるから狙われたのか？」

うんうんと頷き合った親子は、青年をじっと見る。何か反応しろ、というアイコンタクトに数秒遅れて青年は気付いた。

「……………はっ！　呆れてものが言えなかったです、すみません！」

「いい度胸でしゅね、青年？」

「やはり事情を聞いたら斬って……」

「心の底からすみません！！！」

アホ臭漂うこの青年はコリンと言い、平民に多い茶髪とそばかす顔の、大柄で人がよさそうな見た目だ。

コリンは大柄なので兵士かと思ったら魔術研究機関の研究員で、魔人の研究をしているという。

事の発端は、同僚《どうりょう》の男に、地下の保管庫に厳重に保管されている魔人召喚術書を見たいと頼まれたことだ。その男は魔人の研究を馬鹿にしていたはずなのに、どういう風の吹き回しだろうか。怪しんだコリンは断った。

「そもそも保管庫の術式を解く権限は研究室長にしかありませんし、室長は今帝国にいませんから」

「じゃあどうやって開けたんだ？」

「……実は、術式に触れる人物は他にもいるんです。室長に何かあった時のために副室長も使えるはずで……胸騒ぎがしたので、今日保管庫に行ったら副室長が殺されていて……」

「保管庫が開いていたんでしゅね？」

「はい、ですが、保管しているものには全て追跡魔法が掛けられているので、それを追ってここまで来たんです。でも、同僚はもう召喚していて……常軌《じょうき》を逸した目でアレクシア死ねと叫んでいて……止めようとしたんですが魔人が強くて……すみません」

「その同僚の男の名を言え」

「はい。ブラット・オーウェンです！」

「ブラット？　確かオーウェン伯爵家の次男か」

コリンが言うにはブラットは素行が悪く、研究所にも親のコネで入ったので、研究員としての能力も低い男らしい。コリンも平民だからという理由で嫌がらせを受けていた。

「クズなんでしゅね！」

「皇女殿下、クズって……まぁクズですけど」

「おい、アレクシアに近付くな」

「ひぃぃぃ！」

剣を抜く仕草をするルシアードに腰を抜かすコリン。

「父上！　面白がってわざとやってましゅね！」

「む。本気だが？」

「何なんだこの親子は！」

「……心の声が出ちゃってましゅよ」

「はっ！　すみません‼」

コリンの話だと、副室長を殺めたのもブラットだろう。だが、何故アレクシアを狙ったのか。

「兎に角、ブラットの気配を探ればいいんでしゅね！」

白玉と黒蜜が自分達の出番だと直感し、尻尾を振ってアレクシアの元へ来る。

「シア達以外の匂いを辿ってくだしゃいな！」

『『キャンキャン！』』

白玉と黒蜜が匂いを嗅ぎながら進む。そしてすぐに二匹は立ち止まって吠える。

「はやっ！」

そこには血塗れで横たわっている男性がいた。

「こいつはブラットです！　……魔物に襲われたのか⁉」

「死んでましゅ……術書もありましぇんね」

「これは魔物の仕業じゃないな、斬られている」

その言葉で思わずルシアードを見るアレクシアとコリン。

「む。俺じゃないぞ」

「……冗談でしゅよ！　取り敢えず戻りましゅか。シアが生きて戻ったら顔色が変わったりする人がいるかもしれましぇんからね」

　アレクシア達はコリンと共に会場へ戻っていくのであった。


　アレクシアはルシアードに抱っこされ会場の入口近くに戻ってきた。魔術研究機関のコリンは少し距離を置いてついてくる。

「おい、おちび！　無事か？」

　そこへ、ローランドとロインが血相を変えてやってくる。

「あーい、生きてましゅよー！」

「陛下が……良かったです」

　ルシアードがいることにホッとするロイン。ローランドはルシアードからアレクシアを無理矢理奪い抱きしめる。

「おちび！　生きてたか！　……まさかこいつに感謝する日が来るとはな！」

「む。アレクシアを返せ」

　ローランド達に戸惑うコリンだが、ローランドもコリンに気が付いた。

「おい、こいつは誰だ？」

「魔術研究機関の研究員コリンでしゅ」

　アレクシアとルシアードは、先程起こった襲撃と犯人のことを説明する。

　ロインは納得したように頷いた。

「そんなことがあったんですか、私達は異常な気配がしたのでそこへ向かっていたのですが、まさか魔人だとは……」

「おちびを狙っただと！　こんなちんちくりんを狙うとは！」

「ちんちくりんは余計でしゅよ！　ぽんぽこりんじいじ！」

「おい！　俺の何処がぽんぽこりんなんだ！　割れてるだろ、ほれ！」

腹筋を見せようとするローランドを殴るルシアードとロイン。

「アレクシアに汚い腹を見せるな」

「父上、少し大人しくしていてください」

「くっ！」

怒られるローランドを見て、アレクシアはニヤニヤ笑う。

人生で会うことも、ましてや会話することもないはずの帝国最高権力者達が揃っていて、ごく普通の青年コリンは足が震えていた。

ここで話していても埒が明かないので、歩きながら話す。

「実行犯は口封じに殺されたんですね。コリン、アレクシア死ねとブラットは言っていたんですか？」

「は……はい、ロイン様！　アレクシア死ねと何度も何度も叫んでました。いつもは軽薄な感じなので、あんなブラットを見たのは初めてです。まるで……」

「取り憑《つ》かれたみたいでちたか？」

「はい、鬼気迫る感じで……」

そこでローランドが声を上げた。

「おい、もうすぐ会場に着くぞ！」

「犯人がいるかもしれませんね。皆さん、気配に集中しましょう」

「シアを見て動揺する気配もそうでしゅが、この子達にも手伝ってもらいましゅよ！」

『『キャンキャン！』』

「なるほど、フェンリルとガルムの嗅覚《きゅうかく》か。アレクシアは頭が良いな」

ルシアードはアレクシアを抱っこして愛でているが、ローランドとロインは、黒い子犬の正体を聞いて開いた口が塞がらない。コリンも驚いて子犬達を交互に見ている。

「えっ……今フェンリルと……ガルムって言って……」

「言ってましぇんよ！　白玉と黒蜜って言ったんでしゅ。父上はたまに変なことを言うことがあるんでしゅよ！　病気でしゅね」

「む」

「……俺は聞かなかったことにするぞ、おちび！」

「私もです」

皆が呆れている中、白玉と黒蜜は尻尾を振りながら張り切って先頭を進んでいる。白玉達が会場に向かっているということは、やはり暗殺者が紛れ込んでいるのだろう。そしてルシアードが入口をくぐると、集まっていた皆が跪く。

白玉と黒蜜は跪いているある人物の前で立ち止まると、威嚇するように吠えた。

「驚いてましゅね？　シアが生きていてびっくりしまちたか？」

「確かにこいつは、おちびを見た瞬間に気配が乱れたな」

ルシアードやアレクシア達に囲まれている一人の男性。その男性を見たコリンは驚愕する。

「副室長!?」

コリンは混乱した。副室長は地下の保管庫前で殺されていたのだが、今目の前にいるのは確かにその上司だった。

「生きていたんだな。こいつを騙すために状態異常魔法【仮死】を使ったんだろう」

「少しの間、仮死状態になる魔法でしゅね」

ルシアードやアレクシアが話す度に青ざめる副室長の男性。彼のローブの裾が赤黒くなっているのを見て、アレクシアは目を細めた。

「その血はどうしたんでしゅか？　魔物に襲われたにしては怪我してないでしゅね～」

「こ……これは……自分で回復魔法を掛けて……」

「お前は参加者名簿に名がないが？」

「それは……」

「その装備している剣を見せてくだしゃいな！」

アレクシアが目で合図すると、ルシアードが頷いて男性の装備していた剣を無理矢理抜く。剣はびっちりと赤い血で染まっていた。

「ありぇ～？　魔物の血は青いでしゅよね？　これは……」

「どう見ても人間の血だな」

アレクシアとルシアードは楽しそうに副室長を追い詰めていく。

「おい、ロイン。あれは本当に三歳か？」

「父上、あれは幼女の皮を被った悪魔ですね」

「「似た者親子」」

ルシアードは顔色を変えずに、亜空間からブラットの死体を出す。周りは驚いて腰を抜かす者や、悲鳴を上げる者が出て混乱状態になったが、二人はそんなことお構いなしに死体を副室長の前に転がす。

「この剣と死体の斬り口はぴったりだな」

「本当でしゅね～。もう言い逃れは出来ましぇんよ！」

ルシアードとアレクシアの強烈な威圧感に耐えられなくなった副室長は、隙をついて亜空間から例の術書を取り出すと二人を睨み付ける。

「この国に災いを！」

そう言うと、ブツブツ唱えながら書物を燃やした。すると先程の魔人とは比べようもない、凄まじい力を持つ者が召喚された。見た目は紫の長髪と紅い瞳を持つ、美しい青年の姿をしている。人と違うのは、背中に黒い翼が生えていることだ。

皆が恐怖で動けずに腰を抜かしている。

「ヒヒヒヒ！　ヒィヒヒヒ！　みんな死ね！　アレクシアもルシアードもこの国もみんな滅び……ぐぇ！」

「煩いハエだ」

壊れたように笑っていた副室長の首が一瞬で飛んだ。召喚した魔人がやったのだろうが、とても動いたようには見えない。

生物として圧倒的に格上の存在に、ローランドやロインでさえも恐怖で動けずにいる。

そんな状況の中でも、ルシアードはアレクシアを守り、魔人を睨み付ける。ふとアレクシアは魔人と目が合う。何故かじっと見つめ合う二人と、それが気になるルシアード。暫く沈黙が続き、そして……

「ランしゃん！」

「…………あらやだ〜！　嘘でしょう⁉　元気だった〜？　……あら随分と小さくなったわね〜可愛い〜！」

キャッキャウフフと話し出す幼女と魔人に、全員が心の中でツッコんだ。

（オネエかよ！）

4　友達のオネエさんです！

皆、開いた口が塞がらない。それはルシアードも同じで、驚いて何も言えない。

アレクシアは魔人に駆け寄り、ハイテンションでハイタッチする。

「小さくなって～！　可愛いわね！」

「ランしゃんも相変わらず美しいでしゅね～！」

「あらあんた！　口が上手ね～！　もう！」

「あの……お二人のご関係は？」

キャハハウフフの世界に恐る恐る口を挟むロイン。

「昔からの友達でしゅよ～！」

「そうよ～！　よく一緒に竜族に悪戯《いたずら》したわね～！」

「ああ、懐かしいでしゅね！　よく族長に追いかけられまちたね～」

「昔って……あなたは三歳ですよ？」

「はっ！　シアは幼女でちた！」

アレクシアに呆れる皆を見て、爆笑するラン。そこへルシアードがやってきて、アレクシアを抱っこする。

「あら、あんたいい男ね～！　タイプだわ！」

「ランしゃん、シアの父上でしゅよ！　手を出しちゃダメでしゅよ！」

「む。アレクシア、焼きもちか？」

「馬鹿馬鹿ちんでしゅか！」

嬉しそうなルシアードをポカポカ殴るアレクシア。

「あら残念ね～！　でもここにはいい男がいっぱいいるわね～」

獲物を見る目で物色するラン。周りが一生懸命に変顔をして醜男《ぶおとこ》のふりをするので、アレクシアは爆笑する。

「あら失礼ね！　プン！」

「ランしゃんはこれからどうするの～？　帰るんでしゅか？」

寂しそうにするアレクシアを見て、ランは優しい笑顔で頭を撫でる。アリアナは昔から破天荒《はてんこう》で敵も多かったが、人一倍寂しがり屋で仲間思いの人だった。

「そうね～、暇だしもう少しこっちにいるわ！」

「本当でしゅか！　父上、ランしゃんも一緒にいていいでしゅか？」

「む。こいつは男だ……」

「馬鹿を言うんじゃねぇ！」と、急にドスの利《き》いた声を発するラン。

「ランしゃん！　男になってましゅよ！」

「あら、ウフフ。この子はあたしの可愛い妹みたいなもんよ！」

ルシアードとランは睨み合う。やがてルシアードが口を開いた。

「アレクシア、条件がある」

「何でしゅか？　餌ならあげましゅよ！」

「ちょっと餌って、あたしは犬扱い？　失礼ねぇ！」

「お前の一ヶ月をくれ。そしたら許可する」

「えええええ！　そんな～！」

「あらあら、過保護なパパねぇ？」

「ううっ……しょうがないでしゅ……」

アレクシアが頷くと、小さくガッツポーズするルシアード。するとロインとローランドがたまらず声を上げる。

「陛下、相手は魔人ですよ！　危険です！」

「お前何考えてんだよ！」

ランは溜め息を吐きながら首を横に振った。

「あら、あたしをそこら辺の魔人と一緒にしないで頂戴《ちょうだい》な！　あたしは魔公爵《まこうしゃく》一位なのよ」

「魔人に爵位なんてあるのか？」

「私も知りません」

ランの話を訝しむ二人に、アレクシアが教える。

「ありましゅよ。悪さをするのは底辺魔人でしゅ。ランしゃんは魔国の大貴族でしゅからそんなことしましぇん！　……人間をいじめても、退屈しのぎにもなりましぇんし……」

「皇女、最後恐ろしいことを言いましたね？」

「おちびの友人ってところもツッコみてーが、まぁ……仕方ねぇな」

「懐かしい気配に反応して良かったわ！　……でもこいつ殺しちゃったわ、大丈夫だった？」

「ランしゃんが嫌いなタイプのイカれ野郎でしゅから、仕方ないでしゅよ！」

ふとアレクシアは、エリーゼと目が合った。彼女はにこやかに笑いながら手を振るが、アレクシアは含みのある笑みを返しておいた。

エリーゼは、顔はにこやかなまま扇子《せんす》を思いっきり折る。

二人のやり取りをちらりと見ていたルシアードが、小声で確認する。

「捕まえないのか？」

「今は証拠がありましぇん。シアとあの人の戦いでしゅ」

「俺があいつの口を……」

「馬鹿ちんでしゅか！　これは女の戦いでしゅよ！」

「む。俺はアレクシアが心配だ」

「シアには父上がいましゅから大丈夫でしゅよ」

そう言うアレクシアを感無量で抱きしめるルシアード。それを呆れながらも微笑ましく見つめるローランドやロイン、そしてランであった。

†

「伯父上〜何ででしゅか！　酷すぎる〜！」

アレクシアはこの世の終わりとばかりにくずおれた。

「ルールはルールですよ」

皇女であり姪のアレクシアに厳しく言い渡すロイン。

「おい、魔人を倒したんだぞ⁉　明らかに一位だろ！」

「父上は皇女に甘すぎます。だからスーザンがあんな我が儘で傲慢に育ったんですよ」

「それは……すまん、おちび」

「そんな〜、じいじ〜！」

落ち着きを取り戻した会場では、狩った魔物の審査に入っていた。参加者は鑑定士の前に並び、アレクシアも意気揚々と魔人の首を出したが、ロインが残酷な一言を告げた。

「条件は魔物です。魔人は対象外です、失格」

アレクシアの後ろに、ガーンという文字が見えて気の毒になる一同。

「そんな殺生《せっしょう》な！　お役人しゃん……シアには……お金が必要なんでしゅよ！　病気のおとーちゃんがいるんでしゅ！　うう……」

「あなたのお父上は横でピンピンしてますよ。お金ならそのおとーちゃんに言えば腐る程くれますよ。はい次」

涙を拭く仕草をするアレクシアの首根っこを掴み、ルシアードに渡す鬼畜な伯父ロイン。

「あんたまだお金に執着してるの〜？　変わらないわね〜！」

「うるさいでしゅよ、ランしゃん！　せめて慰めてくだしゃいな！」

「はいはい、可哀想でしゅね〜！」

「うう……このランゴンザレスめ！」

「本名言うんじゃない！」

「む。ランゴンザレス、アレクシアに近付くな」

「だから……あたしはランよ！　ランゴンザレスなんて知らないわ～！」

結局優勝はローランドに決まり、Ｓ級のベヒモスを狩ったことで皆を戦慄させた。ちなみにルシアードは、ＳＳ級の飛竜を狩り更に皆を呆然とさせた。ルシアードは主催者なのでこちらも審査の対象外だ。

「お前から勲章をもらってもなー！」

「む。ではやらんぞ」

「いいから、授賞式に移りますよ」

ロインに促されて前に出るローランド。そしてルシアードと睨み合うが、会場の最前列からブーイングがとんでくる。

「早く受けとれー！　そして金貨は孫に渡せー！　ブゥーー！」

『『キャンキャン！』』

「あら、楽しそうね～！　ブゥーー！」

それを見ていた周りの参加者からもブーイングがとぶ。

「名誉ある勲章だぞ！　要らないならくれ！」

「そうだ！　こっちは喉から手が出る程欲しいんだ！」

「寄越せーー！」

「ランゴンザレスーー！」

「おいこらぁ、誰だ!?　……ゴホン、今言ったの誰よ！　あたしはランよ、もう！」

騒がしい会場に呆れるロインや観客。この年の参加者はかなりの恐怖体験をしたにもかかわらず、アレクシアのおかげか、最後には存分に楽しんだのだった。

落ち込むアレクシアを優しく抱っこして皇宮に戻っていくルシアードと、その後ろからキラリと光る勲章をつけた不機嫌なローランドとロイン、それにランと白玉と黒蜜が続く。

「元気出しなさいよ〜！　あたしもいるんだから、ねぇ？　また無人島に新しい国を建国する？それとも魔国に来て魔国王の眉毛繋げる？　それともドワーフの髭剃《ひげそ》りに行く？」

一生懸命アレクシアを慰めるラン。

「おちび……お前何やってきたんだよ」と呆れるローランド。

「若気の至りでしゅよ！」

「若気って、皇女はまだ三歳ですよ？　……一応」

ロインが苦笑いしながら訂正する。

「む。アレクシアが行くなら俺も行くぞ」

「馬鹿言わないでください。それに魔国王って……」

そんな風に雑談をしながら大広間に着くと、各々がソファーに座り、例の事件の話を始める。白玉と黒蜜はアレクシアの膝で甘えている。そこへメイドが色とりどりのお菓子を運んでくる。

「陛下、今回の事件はあの副室長とやらが黒幕ではないですよね？」

ロインは事件を冷静に分析する。

「そうだな。あれも捨て駒だろう、今回の事件は徹底的に洗うぞ。アレクシアが標的になったんだ」

「もぐもぐ……もぐもぐ……父……」

「アレクシア、喉に詰まったら大変だ。呑み込んでから話せ」

「もぐもぐ……もぐもぐ……もぐもぐ」

皆がアレクシアの言葉を待っているが、中々呑み込まない。

「おい、おちび早く呑み込めよ、わざとか！」

業を煮やしたローランドがアレクシアを急かす。

「………ぷはー、お腹が減って口に詰め込みすぎまちた！　父上、これは女の戦いって言いまちたよね！」

「あら、楽しそうな響きね～！」

何故か女の戦いと聞いて興奮しているラン。

『主しゃま、白玉はオスでしゅが守りましゅよ！』

『黒蜜もでしゅよ！』

尻尾をブンブン振る可愛い二匹を抱きしめるアレクシア。それを羨ましそうに見つめる視線に気付いたアレクシアは、過保護な父の頭をポンポンして説得した。

「父上はシアを後ろで守ってくだしゃいよ！　でも戦うのはシアでしゅ！　売られた喧嘩は高値で買いましゅから！」

「む。では全力で守るぞ」

ルシアードもアレクシアの頭をポンポンする。

「何だこの雰囲気！　こいつらカップルか？」

「言ってることは過激ですけどね」

「でもこの子に喧嘩売る奴も馬鹿ねぇ～。あたしを含めてこの布陣に勝てるとでも思っているのかしらね～」

「大馬鹿ちんなんでしゅよ！」

アレクシアは不敵な笑みを浮かべたのだった。

5　正体を明かしますか！

お菓子を頬張るアレクシアと、口を拭いたりして健気に世話をするルシアード。その時、ずっと考え事をしていたロインが重い口を開いた。

「アレクシア皇女、お聞きしたいことがあるんですが良いですか？」

「何でしゅか～？」

「あなたは何者ですか？　普通の子供ではないのは分かってますが、フェンリルやガルム、それに最高位の魔人と知り合いで、話している内容も最近というよりは……」

「大賢者アリアナ」

「はい？」

「私の前世でしゅよ。そう呼ばれてまちた」

『主しゃま……迷いがないでしゅね』

『潔《いさぎよ》いでしゅな』

感心している白玉と黒蜜。

数分間思考が停止するローランドとロイン。まさかそんな偉大な名前を聞くことになるとは思わず、どう反応すれば良いか分からない。アレクシアはローランドにとっては可愛い孫であり、ロインにとっては姪なのだ。

「あらあら、いい男が情けないわね～……あんたは驚かないの、お父上？」

「む。父上って言うな、俺はアレクシアが何であろうと大事な娘だし、愛している」

アレクシアに前世の記憶があるとしても、大事な娘に変わりはない。少し前の自分では考えられない様々な感情を与えてくれたアレクシアは、今ではかけがえのない存在になっていた。

「あら～ラブラブね！」

「父上……本当でしゅか？　前世で色々やらかしてましゅから、もしかしたら父上に迷惑かけるかもしれましぇん……」

「大歓迎だ」

下を向いて照れている愛しい娘の頭を、ルシアードは優しく撫でる。

「ゴホン、皇女。大賢者アリアナだったことを証明出来ますか？」

咳ばらいをしてロインが話を戻す。

「証明……うーーん。出来ないでしゅね」

「あたし達はこの子の魔力ですぐに分かるわ。間違いなくアリアナよ」

『『そうだそうだーー！』』

「……分かりました。前世の記憶と能力を持ったまま転生したんですね」

「おちび、俺はよく分からんから、おちびはおちびでいいよな！」

「じいじは馬鹿ちんでしゅもんね、いいでしゅよ」

呆れるアレクシアだが、皆が変わらず接してくれることが嬉しい。最初は早くこの地獄のような所から出ることしか考えていなかったが、父親であるルシアードと出会い、色々あったが祖父や伯父、そしてバレリーと出会えた。昔の仲間とも再会して嬉しいことこの上ない。

「皇女、このことは内緒にしますから、皇女も皇女らしい行動をしてください」

「ブゥーー！」

「皇女。ブゥーーは下品です」

「おブゥーー！」

「『お』を付ければ良い訳ではありませんよ」

遠慮なく言い合うアレクシアとロイン。面白くないルシアードは、アレクシアの顔を自分の方へ向けさせ満足そうに頷く。

「残念な人でしゅね、父上」

「む」

それから、アレクシアを恨んでいそうな人物の話になった。

「竜族に悪戯をしたって言っていましたが……飛竜のことですか？」

「馬鹿ちんでしゅか！　竜族といったら古竜でしゅよ！」

「「……………」」

ローランドとロインはまたしても開いた口が塞がらない。さすがのルシアードも驚いている。古竜は歴史書に記述が載っているくらいで、実物を見た者はいない。時代が降るにつれて神の化身とされるようになり、今では世界中で崇められている。

「古竜、ゼスト神。我々が崇めている神です」

「ぷっ……ゼスト神!?　あのじじいが！」

竜が崇められていることは知っていたが、知っている名が出たのでさすがに驚く。

「そうなのよ～！　今あの人は神になってるのよ！　笑えるでしょ～！」

『『世も末でしゅ～！』』

「ゼストは竜族の族長でしゅよ！」

ゼストは竜族の族長で、アリアナとランは前世でよく彼に悪戯をしては、追いかけられたものだ。

「あの人、もしかしたらあんたの魔力を感じてこっちに来るかも～？」

「えー！　でも微々《びび》たる魔力しか使ってましぇんよ？」

「アリアナ……いや、アレクシア。あの人ね、今深い眠りについてるのよ。あんたが死んだことを受け入れられなくてねぇ……」

「くそじいのクセに…………馬鹿ちん」

「フフ」

「む。嫌な予感がするぞ、そいつとアレクシアを奪い合う予感がする。今から始末しに行くぞ……」

「馬鹿馬鹿ちんでしゅか！　シアの父上は父上だけでしゅよ！」

感動したルシアードはアレクシアを抱きしめるのであった。

その後はランを部屋に案内した。ピンクを基調としたラブリーな部屋に涙を流して喜ぶランに他の面々はドン引きだ。

「最初ここがシアの部屋にされそうになって父上を腹パンしまちた！」

「怒るアレクシアも可愛かったな」

「本当に変な親子ね〜、でもあたしはこの部屋気に入ったわ！」

そう言って部屋にルンルンと入っていった。ルシアードに抱っこされて後宮に戻ったアレクシアは、すっきりした気分で眠りについたのだった。

†

「エリーゼ様、どうなさるんですか？」

「うふふ、あの子は気に入ったわ。見たでしょう？　陛下に似ていて驚いたわ！　死ななくて良かった」

「確かにルシアード皇帝陛下によく似てらっしゃる」

自身の専属女官と話すエリーゼの傍らで、双子が大人しくお人形遊びをしている。本来微笑ましいはずの光景だが、彼女達は黒髪人形を思いっきり踏みつけて笑っていたのだった。

閑話　神の目覚め

これは夢だ。古《いにしえ》より生きる、ある男の夢。


「陛下、本当に姫をここに落とすのですか!?」

「仕方あるまい！　こんな化物が国にいたら脅威でしかないわ！」

陛下と呼ばれた壮年の男性は、すやすや眠る可愛らしい赤子を、おぞましい化け物を見るような目で見つめる。男性は反対する従者を無視して、躊躇することなく崖から赤子を放り投げた。

この時、赤子は死ぬはずだった。

「おいおい、人間は酷いことをするな」

落下する赤子を逞《たくま》しい腕で受け止めたのは、黄金に輝く髪を靡《なび》かせた美しい青年。赤子は泣くどころかキャッキャと笑っていた。

「……人間だよな？　それにしては物凄い魔力量だな」

自分の指を握り無邪気に笑う赤子を無下には出来ずに連れ帰ることにした。皆が恐れる〝竜の谷〟へ……

場面が変わり、黒髪の可愛らしい女の子が、大きな屋敷の廊下を走っている。その後ろから怒った青年が女の子を追いかけている。

「おい、こら！　また落書きしたな！」

「知らな〜い！　きゃはは」

青年の綺麗な顔には、太い眉と髭が見事に描かれていた。

「お前、この前魔国に行って魔国王に怒られたばかりだろ！」

「何で知ってるの？　あっ！　ランちゃんが言ったんでしょ！」

「フフフ、面白くって〜！　思い出しただけでも笑えるわ！」

女の子は普通に話しているが、今彼女は紫髪の少年——ランと共に、空を物凄いスピードで飛んでいる。その後ろを青年が追いかけていた。


また場面が変わり、美しい黒髪の女性が青年とお酒を飲み、楽しそうに話している。その周りには巨大なフェンリルやガルム、そしてランもいる。

「また冒険に行くのか？」

「ええ」

「……そうか。お前も歳をとったな」

「失礼ね！　まだ若いわよ！　本当のくそじじいにそんなこと言われるなんてね！」

「ふん、人間はすぐに死ぬ……」

青年の重みのある言葉に女性は黙り込んだ。

また場面が変わり、屋敷の一室。布団に白髪の老婆《ろうば》が眠っていて、枕元で青年が見守っている。

「ねえ、……泣かないでよ？」

「誰が泣くか！　のこのこ帰ってきたと思ったらヨボヨボのばーさんで驚いてるんだ！」

「フフ……死ぬ時は故郷で死にたくてね……」

「馬鹿言うんじゃねぇよ！　いいから眠ってろ！」

「……ゼスト……お父さん、ありがとうね。楽しい人生だったよ……」

老婆はそう言うと永遠の眠りについた。青年——ゼストにとってこの老婆は、偉大な大賢者ではなく、お転婆《てんば》で大事な、とても大事な娘だった。

†

繰り返し見る夢。良い夢でもあり悪夢でもある。

だが、ここ最近違う夢を見るようになった。あの子に何処となく似た幼子が「馬鹿ちんでしゅか！」と騒いでいる。そしてあの子と同じ魔力を持っている。

まさか……まさか……アリアナか？

そして数百年眠りについていたゼストの、きつく閉じていた瞼がゆっくりと開いたのだった。

第四章　アレクシアと愉快な仲間

1　突然の訪問

まだ皆が寝静まっている夜明け前。

大きな地響きと共に背筋が凍る咆哮《ほうこう》が響き渡る。寝ていたアレクシアはルシアードに支えられて何とかベッドから落ちずに済んだ。白玉と黒蜜は驚き、寝床からコロコロ転がっている。

「アレクシア、無事か？」

「うーーん……何でしゅか？」

「分からないが、凄まじい魔力の気配が近付いてくる」

「……この魔力……えっ⁉」

寝惚《ねぼ》けていたアレクシアは飛び起きて、ベッドから降りる。

「アレクシア？」

「父上、急いで中庭に行きましゅよ！」

ルシアードに抱っこしてもらい、急いで中庭へ向かうアレクシア。

「アレクシア！　大丈夫だった～？」

「ランしゃん！　この気配って……」

「そうね、ついに目覚めたわね」

中庭へ向かう途中でランに会い、あの人だと確信したアレクシア。

咆哮と共に地響きも収まらないので帝都一帯が混乱している。早く対処しなければ。

そう思いつつ中庭に着いた時だった。帝都を覆い尽くす程大きく、そして神々《こうごう》しい黄金のドラゴンが皇宮に迫っていた。その翼が羽ばたく度に地面が震える。

「相変わらず美しいわね～」

『うわ～！』

『うげ～！』

ランと白玉、黒蜜は暢気な反応を見せるが、人間達は呆然とする。ルシアードですら目の前の光景が理解出来ない。こんな巨大で神々しいドラゴンを見たことがなかったからだ。そこにいるのは〝神〟そのものであった。

中庭に顔を覗かせたアレクシアと目が合うドラゴン。長い沈黙の末、アレクシアが重い口を開く。

「馬鹿ちんでしゅかーーー！」

それを聞いてランと従魔達がずっこける。

「ええー、そこは感動の再会でしょう～！」

『『ええーー！』』

「その姿ではみんなに迷惑でしゅよ！　人化してくだしゃいな！　くそじい！」

一瞬目を見開いたドラゴンはすぐに光り輝き、黄金の髪を靡かせた美しい青年の姿になった。

ゆっくりと中庭に降り立つと、アレクシアをひたと見据える。

「お前……アリアナか？」

「今は転生してアレクシアでしゅ！　久し振りでしゅね、ゼスト」

「……そうか……けっ！　生まれ変わっても不細工《ぶさいく》なままだな！」

「何でしゅとーー！　こんな可愛い幼女に何てことを言うんでしゅか！　この腐れじじい！」

「相変わらずの減らず口だな！　……この……くっ」

話している途中で涙が溢れてくるゼスト。会いたくて仕方がなかった最愛の娘を前に、嬉しくて胸が張り裂けそうになる。

「感動の再会なんだろうが、アレクシアは俺の娘だ。何があろうと俺の愛しい娘だ」

ルシアードはゼストを睨み付けて牽制する。ゼストは涙を拭いつつルシアードに目を向ける。

「お前はアレクシアの父親か？」

「そうだ」

「今度はちゃんと愛されているんだな、安心した。もしお前が辛い目に遭っていたらこの国を灰にしてやろうかと思っていたからな」

アレクシアはルシアードをジト目で見る。つい最近まで蔑ろにされていたことがゼストにバレたら、この国は数分で終わるだろう。

「ゼスト、お帰りなしゃい」

「ああ、お前もな！」

「アレクシアは元気で俺に愛されている。心配ないからもう帰ったらどうだ？」

「ああ？　俺もこいつの父親だ、近くにいてていいだろ！」

「父親は一人でいい」

「ああ、俺のことだな！」

一触即発の二人を面白がって見ているランと、ハラハラしている白玉と黒蜜。アレクシアは溜め息を吐くと、そんな二人の間に入る。

「やめんしゃい！　いくらシアが可愛くて聡明で天才の幼女だからって喧嘩はダメでしゅよ！」

「おい、虫酸《むしず》が走るようなことを言うな！」

「アレクシアは何をしていても可愛いぞ」

「こいつ、大丈夫か？」

ゼストでさえもさすがに呆れる。

「兎に角、アレクシアには俺がいるから大丈夫だ」

「ふん、こんな親バカだと逆に心配だ。俺は当分ここで暮らすからな！　アリアナ……アレクシアはもっと厳しく育てないと凶悪になる！」

「失礼でしゅね！　いつシアが凶悪になったって言うんでしゅか！」

ぷんすか怒るアレクシアの傍らで、ランや白玉、黒蜜がジト目でアレクシアを見る。

「よく言うわね～！　いつも悪戯してゼストに追いかけられてたじゃない！　眉毛やら髭やらもしょっちゅう描いては怒られてたわね」

『主しゃま、我はフォロー出来ましぇん！』

『我もでしゅ！』

「あれは若気の至りでしゅよ！」

「む。俺はまだアレクシアに眉毛も髭も描いてもらってないぞ」

そう言うと落ち込むルシアード。

「元気出してくだしゃい、後で描いてあげましゅから」

「本当か？」

「はい、最高の眉にしましゅよ！」

アレクシアはルシアードの背中を擦り励ます。

「こいつ本当に大丈夫か？」

その光景を見て、ルシアードのことも心配になるゼストだった。


今、アウラード大帝国の帝都は大騒ぎになっていた。いきなり巨大で光り輝くドラゴンが現れたものの、またいきなり消えたのだ。

〝神〟の降臨と信じ、涙を流してお祈りする者達や、逃げようとする者達で大パニックになっていた。冒険者や帝国兵士が対応しているが、彼らもまた混乱状態だ。

そんな中で、ローランドやロインや側近達が至急皇宮に出向き、ルシアードとアレクシアを探していた。途中でシェインに出くわす。

彼は興奮した口ぶりでローランドとロインに尋ねる。

「公爵、ロイン……あれは本物の神なのか!?」

「私も信じられませんが、歴史書に出てくる黄金のドラゴンでした」

「おいおい、一体何が起こってんだ！　それにルシアードとおちびは何処にいるんだ!?」

可愛い孫の姿が見えないことに不安を感じているローランド。だが、廊下を歩いていた時だった。

「馬鹿ちんでしゅかーーーー！」

聞き覚えのある声が中庭から聞こえてきた。三人が急いで向かうと、そこにはルシアードと謎の美青年、そしてその間でぷんすか怒るアレクシアの姿があった。

「おちび、無事か！」

「あ、じーじだ！　助けてくだしゃい！　この馬鹿ちん共がどうしようもないんでしゅよ！」

そう言いながら、ルシアードと美青年を交互にパンチしているアレクシア。それをルシアードと青年は微笑ましく見つめる。

「む。アレクシアは本当に可愛いな」

「まぁな……黙っていればな」

「皇女、落ち着いてください。陛下、黄金のドラゴンが現れた件ですが……そこの彼は何者ですか？」

何かを察したロインはルシアードに問いかける。

「お前が考えている通りだ。こいつはさっきのドラゴンだ」

ルシアードの言葉に息を呑む三人。〝神〟がいきなり現れたら誰であろうと驚くだろう。

「ああ、ゼストだ。よろしくな」

ゼストは淡々とローランド達に挨拶するが、皆は急いで頭《こうべ》を垂れる。

「おい、やめてくれ。俺はただの竜族だ」

「そうでしゅよ！　ただのボケじじいでしゅ！」

「誰がボケじじいだ！　お前のせいでボケられねーよ！」

ローランドとロインは二人が本当に家族だったんだと実感するが、事情を知らないシェインや他の側近達は、馴れ馴れしいアレクシアに唖然としている。

「アレクシア、こいつはもう帰るから挨拶しなさい」

「おい、俺は帰らねーぞ！」

「うるさーーい!!　いい加減にしなしゃい！　シアは怒りまちたよ！」

自分を挟んで揉める二人に、アレクシアはついに堪忍袋の緒が切れた。白玉を頭に乗せ、黒蜜を抱っこして大きく息を吸うと大きな声で宣言する。

「シアは家出しましゅ！」

そう言うとアレクシアは消えてしまった。

「アレクシア！　何処だ！」

「あいつ！」

ルシアードは急いで気配を探るが、何かに遮られて分からない。ゼストも同じ状況だ。

「あらあら～！　溺愛するのもいいけど、あの子のこともちゃんと考えてあげなさいよ～！　このままだと娘に嫌われちゃうわよ～！」

ランの言葉に、ルシアードとゼストはあからさまにショックを受ける。

「おい、おちびの気配を感じねーぞ！　大丈夫なのか！」

「多分、気配を消しているのでしょう。皇女ならそれくらいは出来そうですしね」

「アレクシアって何者なんだい？　それに……父上大丈夫ですか？」

ローランド達の言葉や〝神〟であるゼストとの親しさを見て、シェインはアレクシアが只者でないことを理解した。だが、それ以上に、見たことがないくらいに落ち込んで焦る父親に驚いた。

「アレクシアを探さないと。魔物に怯えて泣いているかもしれん！」

「ああ、あいつは寂しがりなところがあるから今頃泣いているかもしれねーな……」

「誰の話をしているんだ？」

「誰の話をしているんですか？」

ローランドとロインが的確なツッコミをするが、父親二人には聞こえていない。爆笑しているラン以外はこの展開についていけていない状態だ。

今にも探しに行こうとするルシアードをロインが引き止める。

「陛下、その前にこの騒動を鎮めないといけません」

「む。それはこいつが勝手にしたことだ」

顎で指され、ゼストは気まずそうな顔をする。

「うっ……俺がこの国に何もしないと言えば良いのか？」

「そうですね、友好関係を結んだとでも言って頂ければ、我が国の利益になりますね。観光部門と話し合って……ですがドラゴンである証が欲しいですね。……鱗を一枚頂けませんか？」

「神と崇めている割には遠慮がねぇな」

「頂けるのですね、ありがとうございます」

「おい」

ロインの頭の中はもう利益の計算に入っていた。そして側近達とシェインは、帝国中に連絡するために急いで執務室に向かう。

ルシアードは焦れったそうに言う。

「俺はアレクシアを探しに行くからな。何があろうとアレクシアが優先だ」

「そうだな、俺達が悪かった。ちゃんと謝って戻ってきてもらわないとな！」

「だってよ、アレクシア〜！」

ランが急に叫ぶと、いつの間にかランの隣にちょこんと愛しの存在が立っていた。ルシアードとゼストは急いで駆け寄り抱きしめる。

「ああ、アレクシア！　悪かった、もういなくなるな！　お前がいなくなったら俺は……」

「お前……心配させるなよ！」

「フフ、仲直りしたんでしゅね！　もし今度喧嘩したら永遠に消えましゅよ！　分かりまちたね？」

「「ああ」」

大変微笑ましい光景だが、ローランドとランには、ルシアードとゼストが抱き合っているように見えていて、暫く笑いが止まらなかった。

†

「森に行かせていただきましゅ！」

「アレクシア、急にどうしたんだ？」

今、アレクシアはルシアードとゼストに挟まれて食事をしている。ゼストは自然の魔素を糧《かて》に生きているので、食事を摂らなくても大丈夫なのだが、アレクシアと同じメニューを食べている。

「うえっ、甘くて死にそうだ……何だこれ？」

「パンケーキのクリーム＆蜂蜜《はちみつ》増し増しスペシャルでしゅよ」

そう言いながら美味しそうにパンケーキを頬張るアレクシア。ルシアードはアレクシアの口の周りのクリームを拭いている。白玉と黒蜜はアレクシアの足元でじゃれて遊んでいる。

「あら〜可愛い食べ物ね〜！」

ランも美味しそうに頬張ってアレクシアとキャッキャしている。それを呆れて見ていたロインが報告を始めた。

「皇女の森行きのことは後にして、報告です。帝国中に今回の件を伝達しています。ゼスト様と陛下が意気投合して交流を深め、ゼスト様の加護を得たと」

「「おい！」」

「おお～息ピッタリでしゅね！　シアも嬉しいでしゅよ！」

「おい！　顔が笑ってんぞ！」

「アレクシア、こいつとは仲良くはなれんぞ」

そんな二人を見ていたロインが、アレクシアにこそこそ耳打ちする。

「父上、じじい！　そんなに嫌ならシアは家出して好きな人を作ってしまいましゅよ！」

好きな人という言葉がアレクシアから出た瞬間、後ろにガーンという文字が見えるくらいに二人は衝撃を受けた。

「刺激が強すぎましたかね」

「伯父上、えげつないでしゅね……さすがにシアもドン引きしてましゅ」

「俺もだ。息子よ、えげつないぞ」

ローランドに苦言を呈されても涼しい顔をしているロイン。そして固まる二人を見て爆笑が止まらないラン。

「二人とも冗談でしゅよ！　シアは父上とじじいが大好きでしゅから、元気出して帝国民に宣言してくだしゃいな！」

「アレクシア、本当に俺が大好きか？」

「おい、本当か？」

「はいはい、大好きでしゅ～！」

その言葉にあからさまに笑顔になるルシアードとゼスト。世界最強の二人を手玉にとる三歳の幼女にローランドは苦笑いだ。

「で、森の話でしゅ。二人が宣言して落ち着かないと森にいけましぇん！　早くしないと一人で狩りに行きましゅよ！」

新参のゼストは話が見えず怪訝な顔だ。

「狩り？　何で狩りなんてするんだ？」

「お金のためでしゅよ！」

「金？　おい、お前ら、こいつにひもじい思いをさせているのか？」

ゼストの纏う空気が重くなる。

「確かにひもじい思いをさせていた時があった……アレクシア、すまないな。俺の責任だ」

「お前！　こいつを愛してると言ってたろ！」

「やめんしゃい！　馬鹿ちん共が！」

アレクシアが割って入る。

「シアはお金が好きなんでしゅよ！　父上からもその分たっぷり搾《しぼ》り取りまちた！　でももっと欲しいんでしゅ！」

「そういうところは竜族に似たのね～ウフフ」

ドラゴンは黄金や宝石を好む習性があり、アレクシアもアリアナだった頃に随分と盗んでは追いかけられた記憶がある。

アレクシアはゼストに手を差し出す。

「……何だ？」

「じじいもシアのことを思うなら……同情するなら何かくれでしゅ！」

「お前……」

ゼストが下を向き震えている。

「ゼスト様、皇女の無礼を私が代わってお詫び申し上げます」

危機感を覚えたロインは頭を下げる。普通に話しているが、この人物は偉大な竜神なのだ。

「お前……凄いぞ！　正直に言えるようになったんだな！　これまでは盗んでは怒られていたが、転生して成長したな！」

「エヘヘ～！　成長したので何かくだしゃいな！」

「よし、何がいいんだ？」

「「おい！　甘すぎる！」」

「おお～息ピッタリでしゅ！」

ゼストのあまりの甘さ加減に呆れてツッコむローランドとロインであった。

「む。アレクシア、俺と狩りをして稼ごうと約束しただろう」

「……してないでしゅよ」

「何だと？　俺も狩りに参加してお前の金を稼いでやる！」

「……いや、鱗を何枚かくだしゃいな」

「『一緒に稼ごうな』」

「馬鹿ちんでしゅか！　父上は世界一のお金持ちで、じじいは存在自体がお金でしゅよ！　それをシアに寄越せーー！」

アレクシアの欲にまみれた願望は、彼女を愛おしそうに抱きしめるルシアードと頭を撫でるゼストの耳には入らなかった。

2　アレクシアVS貴族

「……お二人とも、どうなさったんですか？」

「ああ、目の下の隈が酷いぞ！」

ロインとローランドは顔を見合わせる。

ゼスト来訪から一週間が経とうというある日。帝都にいる貴族や皇族達の前でルシアードとゼストの交流を証明しようという話が急に決まり、今日はその当日だ。今は執務室に集ういつものメンバーで朝食を摂っているのだが、最強の二人の目の下に、何故か隈が出来ていた。

何も話さず食べ続ける二人を見ると、ロインはアレクシアを見る。アレクシアは食事を摂りつつ、淡々と話し始める。

「昨日の夜、この馬鹿ちん共がまた争いを始めようとしたんでしゅよ。どちらがシアと一緒に寝るかで殺し合いになりかけてまちた、馬鹿ちんでしゅか！」

「……。想像は出来ますね。で、どうしたんですか？」

「シアを挟んで三人で寝まちた」

ランが紅茶を噴き出した。そして開いた口が塞がらないローランド。

「……。そこまでは想像出来ませんでした、というか、それじゃ眠れませんよね」

スヤスヤと眠るアレクシアを挟んで床に就いたはいいが、眠れるわけもなく今に至るのだ。

ゼストは血走った目で不機嫌そうに言う。

「俺はこれからもこいつと寝るからな！」

「む。俺もアレクシアと寝るぞ」

「変な噂が立ちますのでおやめください」

「あらあら、いいんじゃない～！　見たかったわ～！」

興奮気味のランを無視して、アレクシアは提案する。

「シアが一人で寝るのが……」

「却下だ」

「……兎に角、今日は帝国貴族の重鎮達を呼んでいますし、皇族も集まります。この話は一旦置いておきましょう」

「父上、じじい、隈を消してくだしゃいな！」

愛娘に怒られて、二人は急いで回復魔法を掛けて隈を消した。

食事が終わると、アレクシアは別室で正装に着替える。リボンのついたフリルが可愛い水色のドレスを着て、髪をアップにした後、ドレスとお揃いのリボンをアクセントとして身につける。

「可愛いですわ！」

女官達にべた誉めされていた時、バレリーが入ってくる。淡いグリーンの洗練されたドレスを着ていていつも以上に美しい。

「バレリーしゃん綺麗でしゅね！」

「あらあら、ありがとう！　アレクシアちゃんも可愛いわね！」

二人が仲良く手を繋いで歩いていると、後ろから賑やかな声が聞こえてきた。

「あ～！　可愛すぎ！　そして小さいわ～！」

「小さいは余計でしゅよ！」

「怒っても可愛い～！」

「病気でしゅね……」

シェインの姉であるジェニファーだ。三人で歩いていると、ルビーと専属女官シトラも現れた。

アレクシアを見て興奮気味に近寄ろうとするルビーにシトラがチョップする。

アレクシアの周りに親しい皇族達が集まる一方で、それを遠くから見ていたエリーゼと双子姉妹は不気味に笑っていた。

謁見の間に入ると、左右に貴族の座る椅子が並び、奥に皇族用の席があるのが見える。

だが、いくら探してもアレクシアの席が見当たらず、ジェニファーとバレリーの表情が険しくなる。ルビーとシトラは唖然としていた。

五人の貴族がアレクシアを見てクスクス笑い、エリーゼ達親子は傍観を貫く。

口火を切ったのはジェニファーとバレリーだ。

「どういうことなの！　アレクシアの椅子はどうしたの！　早く持ってきなさい！」

「そうよ！　こんなこと許されると思わないことね！」

だが、一向に椅子を持ってこようとしない。従者は皆、貴族の方に視線を向けていて、アレクシアを見ようとしない。アレクシアは溜め息を吐いて床に座る。

「アレクシア皇女、はしたないですよ。席がないということは、ここにあなたは必要ないということですよ」

貴族の一人が見下したように言うと、周りも頷く。ローランドやモール侯爵も何故か今回は何も言わない。それを良いことに、アレクシアへの攻撃は更に激しくなる。

「キネガー公爵には悪いが、アレクシア皇女の母親は犯罪者だ。ここにいられては帝国が笑われてしまいますよ」

「それなら私も同じよ！　なのにこの子にだけこんな酷いことをして……覚悟しなさい！」

「ジェニファー様、あなたは皇妃の娘です。ですが、アレクシア皇女、いやアレクシアは側妃の子で本当に陛下の子かどうか……」

「黙りなさい！」

「どう見ても父上とそっくりでしょう！　アレクシア、立ちなさい！」

バレリーも加勢し、ジェニファーが促すが、アレクシアは動こうとせず、下を向いている。

そんな孫を見てもまだ動こうとしないローランドにジェニファーが何か言おうとした時、「皇帝陛下入場」の声がして重厚なドアが開く。

そして皆が席を立って跪いた。貴族達で作られた道を歩くルシアードがふと立ち止まる。そこには大事な大事な愛娘が床に座り、下を向いている姿があった。一気に謁見の間が重い空気になり、従者達は耐えられず失神してしまう。一部の貴族も耐えられず倒れた。

「これはどういうことだ？」

アレクシアは下を向いたまま何も言わない。代わりにジェニファーとバレリーが事情を説明する。ルシアードの後ろにいたロインとシェインはこれから起こる惨劇を想像するが、二人とも今回ばかりは止める気はない。

「……こいつら全員殺してやる！」

ローランドの声が響く。ルシアードが現れるまで我慢していたようだ。手を強く握りすぎて血が滲んでいた。

ルシアードの尋常ではない空気を感じて飛び込んできたゼストは、下を見ている愛娘の傍に走っていく。この場の者達には、見知らぬ青年に注目する余裕もない。

「おい、大丈夫か？」

「……」

「こんな所で座るな、立て」

「……」

反応がないのが気になり、ゼストはアレクシアの顔を覗き込む。

「……こいつ寝てるぞ」

「「「え？」」」

アレクシアはスヤスヤと眠っていた。ゼストは呆れながらもデコピンして起こす。

「っ、痛いでしゅよ！　馬鹿ちんでしゅか！」

アレクシアはおでこを擦りながらぷんすか怒る。

「アレクシア、辛い思いをしたな」

ルシアードがアレクシアを抱きしめる。その光景に息を呑む貴族達。

噂には聞いていたが信じていなかった。あの冷酷無慈悲な皇帝が我が子を、しかも皇女を溺愛するなどあり得ないと思っていたからだ。しかし今目の前で、ルシアードはアレクシア皇女を愛おしそうに抱きしめている。貴族達は一気に血の気が引いていく。

「シアは大丈夫でしゅよ」

「アレクシア、お前が大丈夫でも俺は許さない」

「俺もだな」

二人の父親の凄まじい威圧に耐えられなくなった貴族達は、膝を震わせて失禁する者もいる。

「ダメでしゅよ！　ここはシアに任せてくだしゃいな！」

そう言うと、自分を笑った五人の前にやってきたアレクシア。その手にはいつの間にか筆が握られており、凶悪な顔で貴族に近付いていく。

「あれは……！」

ゼストの嫌な予感は当たり、アレクシアは貴族達の顔に一心不乱に筆を走らせる。バレリーやジェニファー、そしてルビーは笑いを堪えられず噴き出した。

同じ目に遭ったことのあるゼストは、貴族に同情する。彼らの顔は見るも無惨になっていた。眉は太くされた上に繋がれていて、鼻の下には鼻毛らしき毛が、目の下には大きな黒子《ほくろ》、そして目の周りに丸く眼鏡を描かれて、アレクシア史上最高傑作の出来上がりである。

貴族達はお互いの顔を見て口をパクパクする。こんな直接的な嫌がらせを受けるのは初めてだ。

「うん！　いい出来でしゅな！」

額に滲む汗を拭き、達成感でいっぱいのアレクシアと笑いが止まらないバレリー達。ローランドやモール侯爵も我慢が出来ずに笑い出して、ロインとシェインは頭痛がしていた。

「アレクシア、上手に描けたな」

「でしゅよね！」

アレクシアを誉めるルシアードも僅かに肩を震わせている。

「あっ……。あれれ〜足がすべった〜」

「きゃあああ！」

アレクシアが棒読みで足を滑らせると何故か筆が飛んでいき、エリーゼの顔に直撃した。悲鳴を上げるエリーゼの顔には墨《すみ》がべっとり付いてしまう。

「あ〜！　すみましぇん！」

「あなた……！　わざとね！」

「違いましゅ……手が滑ってしまいまちた」

「足が滑ったって言ってたわよね？　陛下！　この子はわざと私に投げたんです！」

エリーゼの言葉を無視して、アレクシアを抱っこするルシアード。

「怪我はしてないか？」

「陛下！」

「うるさい。顔を洗えば良いだろう」

「あ～……そのことでしゅが、この筆は特殊で一週間は消えないんでしゅよね～」

「やっぱりあの忌《い》まわしい筆だったか！」

ゼストが転がっている筆を急いで拾い、一瞬で燃やす。プライドばかり高い貴族達はこの世の終わりのように崩れ落ち、エリーゼはショックで倒れてしまう。

「ここまで腹黒い貴族共にダメージを与えるとは……我が妹ながら恐ろしいな」

「こんな方法でダメージを与えるとは……」

「この顔で一週間も過ごすのか……死んだ方がマシかもな」

シェイン、ロイン、ローランドが頷き合う中、アレクシアはゼストに説教されている。

「お前、またくだらないものを作りやがって！」

「くだらなくないでしゅよ！　ねぇ、父上！」

「ああ、アレクシアは天才だな。もう魔道具を作れるのか」

「エヘヘ〜そうでしゅ、シアは天才なんでしゅよ」

さてこのカオスな状況の中で、ルシアードによるゼストの紹介が行われることになったのだが、精神的大ダメージを受けている貴族達と倒れたエリーゼをそのままにして進んでいく。

エリーゼを心配して双子がアレクシアを睨み付けていたが、ふと足元に違和感を覚える。なんと白玉と黒蜜がそれぞれにおしっこをかけていたのだ。

悲鳴を上げる双子を見ると、二匹は満足してアレクシアの元へ走っていく。

「ついてきたんでしゅか？」

『キャンキャン！』

そんなアレクシアは結局椅子に座ることなく、何故かルシアードとゼストの間に立っていたのだった。


「遅れたわ〜！　……ってどうしたのこの人達⁉　あははは！　この子にやられたんでしょ！」

遅れてやってきたランは、貴族達やエリーゼ親子の惨状を見て大爆笑する。

「あんた、上手に描けたじゃない！」

「エヘヘ〜！」

「おい、誉めるな！」とゼストが窘《たしな》める。

「で、何でこんなことになったのよ？」

ランの質問に言葉を濁すアレクシアに代わり、ゼストが事情を説明する。

「あらあら～、大帝国の皇女を侮辱するなんてとんでもない馬鹿なのね～」

反論する気力も残っていない貴族達。見かねたロインが交流証明は改めて後日行うと言って、解散することになった。

「なお、アレクシア皇女を侮辱した者は処罰対象です。刑が決まるまで皇宮の牢に入って頂きます」

ロインが呼んだ兵士により、引き摺られるように連れていかれた五人の貴族と、女官に支えられて戻っていくエリーゼ親子は、最後までアレクシアを睨み付けていた。

「あんた、敵が多いわね～」

「馬鹿ちんなんでしゅよ！」

バレリーやジェニファー、そしてルビー達に元気に挨拶して別れたアレクシア。だがルシアードとゼストはエリーゼや貴族達を到底許すつもりはなかった。

†

そして夜中の地下牢では悪態を吐く声が響いていた。

「くそガキが！　ここを出たらただじゃおかない！」

「八つ裂きにしてやる！」

「あんなガキが皇女のわけがない！」

そんな五人に、音も気配もなく近付いてくる人物がいた。いつの間にか鉄格子の前に立っていたその人物に驚き、一同は顔面蒼白となる。

「そんなに驚かなくてもいいのに～。どうぞ続きを話して良いわよ？　アレクシアをただじゃおかないのよね？　八つ裂きにして、で？」

いつもの派手なピンクのスーツではなく、シンプルな白いシャツに黒のズボンを穿《は》いたランだった。

「な……何で魔人が……」

「ねぇ、聞いて～。あたし……チッ、めんどくせーな。俺はお前達を許すつもりはない。何故か？　あいつにちょっかいを出していいのは俺だけだからだ」

ランの纏う空気が変わり、鉄格子をすり抜けて牢の中に入ってくる。唇を震わせる貴族の一人の顔を鷲掴《わしづか》みにすると、簡単に首を引きちぎる。それを見た他の貴族達は助けを求めようとするが、何故か声が出ない。

「何故声が出ない、ってか？　お前達の声帯を潰したからだ」

絶望する貴族達にランは笑顔で近付いていく。

「おい、何をやっている」

「お前……派手にやったな」

後ろから声がして、ランは振り向く。そこに立っていたのはルシアードとゼストだった。貴族達は藁《わら》にもすがる思いで二人に助けを求める。だが二人が告げた言葉は衝撃的なものだった。

「俺が始末する」

「だな！」

「遅れてやってきたくせに俺の獲物を横取りするな」

「……む。こいつは誰だ？　あのピンクの奴に似ているが」

「そのピンクの奴だ。これが本来の姿だ。いつもはアレクシアが喜ぶからあんな感じでいるが、本来は魔公爵だぞ？　魔国のナンバー2だ」

「こいつらは俺に譲れ、アリア……アレクシアを傷付けた無能なクズだ。クズがいなくなってもこの国は困らないだろう？」

そう言いながら貴族を捕まえて首を引きちぎるラン。いつものふざけた空気は微塵《みじん》もなく、怒りを露わにしている。

「……違いすぎないか？」

「まぁ今のこいつに逆らうと厄介だから、任せるしかないな」

ルシアードは納得していないが、ゼストとその残酷な光景を淡々と見ている。そして数分もかからずに五人の貴族は死んだ。その内の一人は恐怖のあまり既に心臓が止まっていたにもかかわらずランは首を引きちぎった。

「散らかしたな。あんたにも取っておきたかったが、俺が始末したかった」

血塗れの自分に浄化魔法を掛けながら、ルシアードにそう言うとランはその場から消えていった。

次の日、牢の惨状が発見されて大騒ぎになったが、門番は眠らされていて犯人は見つからないまま。執務室ではロインがルシアードと対峙している。

「陛下、今何とおっしゃいました？」

「魔物にでもやられたんだろう」

「……。この大帝国の皇宮に魔物が侵入したと？　そんな理由を遺族が受け入れるとでも？」

見かねてローランドが間に入る。

「おい、ロイン。魔物が侵入したんだ！　それでいいだろ！」

「良くありません。もしこの皇宮で陛下以外の人間が私刑を下したと知られたら、帝国の権威が揺らぎます。父上は黙っていてください」

その様子を苦笑いで見ていたゼストは、ふと窓から後宮を眺めて凶悪に笑った。


「きゃあああああ！」

エリーゼの悲鳴で駆けつけた女官は、その衝撃的な光景に腰を抜かす。エリーゼのベッドの周りに死んだ貴族達の首が並んでいた。そう、牢にあった貴族達の遺体には首がなく行方不明になっていたのだ。

エリーゼはそのまま倒れたが、誰も恐ろしくて近寄ろうとしなかった。


「父上とじじいの仕業でしゅね！」

部屋で白玉と黒蜜、そしてランと遊んでいたアレクシアは、女官から仕入れた情報に驚いてぷんすか怒っている。

「折角シアが描いたのに、首は何処にやったんでしゅか！」

「あははは！　絵は紙に描きなさいよ～首を探すつもり～？」

「……ありがとう」

「ん？　何か言った～？」

「別にー！　ランしゃん、宝石磨きしましゅよ！」

「あんた……相変わらずね」

そう言って二人で宝石磨きを始めた。

3　狩りに行きます！

あれから貴族を殺した犯人は捕まらず、エリーゼは怒りに震えていた。自室に貴族の首が置かれていた件が変な噂になり、部屋から出られない状態になっていた。

「何故私が指示して殺したことになってるのよ！　私もあの人達も被害者よ！　それなのに……！」

そう、何故かエリーゼが誰かに指示して、口封じで貴族を殺させたという噂が流れているのだ。

「誰がそんなデタラメを言っているのよ！　調べて頂戴！」

専属の女官に指示すると部屋から追い出した。

「絶対に許さないわ！」

彼女は狂気に満ちた目で皇宮を見つめて笑った。

†

一方、アレクシアは相変わらず金目のものを物色するため、政務中のルシアードの私室に残りクローゼットを漁っていた。ゼストは呆れ返っている。

「おい、皇女なんだろう？　そんなことしなくても金はあるだろう」

「じじい……一つお願いがありましゅ」

「鱗はやらんぞ」

「チッ！」

「舌打ちするな！　俺の鱗を何だと思ってんだ！」

「金の生《な》る木でしゅ」

「お前って奴は……」

白玉と黒蜜は高級そうなルシアードのコートを丸めて、その上で気持ち良さそうに眠っていた。

「そうだ！　今から狩りに行きましゅよ！」

「ああ？」

「いいわね～、ついでにピクニックしましょうよ！」

「ランしゃん、いいでしゅね～！」

そうと決まれば、とランがピクニックの準備のために出ていく。

「あいつに言っておかないと面倒だぞ？」

「父上でしゅか……行きましゅか～」

ゼストに抱っこされて執務室に向かうアレクシア。白玉や黒蜜も後ろからちょこちょこついてくる。そして執務室の前に着くと、何故かノックする前にルシアードが自らドアを開けた。

「何で分かったんでしゅか！」

「アレクシアの気配がしたからな……む。アレクシアを寄越せ」

そう言って、ゼストからアレクシアを奪うルシアード。そのままゼストを無視してアレクシアをソファーに降ろした。

「アレクシア、どうしたんだ？　俺に会いに……」

「狩りに行きたくて許可をもらいにきまちた」

「む。俺も行くぞ」

「そう言うと思ってまちた。仕事はどうするんでしゅか！」

三歳の幼女に怒られて落ち込む皇帝を見て、ロインは呆れている。この前の貴族殺しについてはひとまず引き下がった。都合良くエリーゼが弾除けになってくれたからだ。

「陛下、仕事をしてください」

引き下がっても、厳しい性格は変わらない。にこやかだが、有無を言わせない迫力がある。

「今日はここまでだ。残った分は明日纏めてやる、俺に出来ないと思うか？」

「……。陛下なら出来ますね、ですが……！」

ロインが反論しようとした時、アレクシアがロインの前に歩いていってじっと見つめる。

「そんな悲しげに見ないでください。分かりました」

ロインは溜め息を吐き諦める。ガッツポーズするアレクシアとルシアードであった。

アレクシアは軽装に着替えて白玉を頭に乗せて、黒蜜は肩にしがみついて準備万端だ。

ルシアードとゼストも着替えて、ランはピンクのスーツのままだが手にはサンドイッチが入ったかごを持っている。

「行きましゅよ！」

窓から浮遊魔法で飛んでいくアレクシア達は、ものの数分で森に着いてしまう。

「狩り日和《びより》でしゅね〜！」

『ご馳走〜！』

『主しゃま〜狩ったら食べて良いでしゅか？』

「許そう！」

『『やったーー！』』

アレクシアを先頭に森に入っていく一同。彼らは当たり前のように強大な魔力を抑え込んでいる。

普通にしていると魔物が寄ってこないからだ。

『主しゃま〜！　美味しそうな匂いがしましゅよ！』

『ワクワク〜！』

黒蜜と白玉が唸り声を上げて前方を窺う。すると、巨大なジャイアントボアが涎を垂らしながらこちらに向かってきた。

「う～ん……食べていいでしゅよ。一応皮は売れるから貰いましゅが」

『『わーーい！』』

次の瞬間、二匹は目に見えぬ速さで、ジャイアントボアに鋭い爪をかざす。

『『【風切り】』』

すると爪から風が吹いて、ジャイアントボアに当たると一瞬で細切れになる。

「あーぐちゃぐちゃでしゅ！　皮が剥げましぇんよ！」

『『ごめんちゃい……』』

謝りながらもご馳走を前に涎が止まらない二匹。アレクシアが溜め息を吐きながら許可を出すと、勢い良く食べ始める。

「父上、じじい……大物を探しましゅよ！」

「私はここで準備して待ってるから、お昼には戻ってきてね～！」

そう言ってピンクのシートを広げて楽しそうに準備するランと、尻尾を振り美味しそうに食べている二匹を置いて、アレクシア、ルシアード、ゼストは森の奥へ入った。

そこにはダークウルフの群れがいた。単体でもA級、群れだとS級の、黒い悪魔と呼ばれる残忍な魔物だ。

「おー、まままあでしゅね～！」

そう言って威嚇するダークウルフに攻撃しようとしたら、後ろから赤い球体が飛んできて、大爆発が起きる。周りは焦土《しょうど》と化し、ダークウルフの毛すら残らなかった。

「この大馬鹿ちんがぁぁーー！」

アレクシアは元凶のゼストの元へ行くとパンチする。

「痛《い》ててっ！」

「これじゃ売れないでしゅよ！　どうしてくれるんでしゅか！　鱗を寄越しぇーーーー！」

「今は鱗じゃねーよ！　引っ掻くな！」

そんなゼストをルシアードは鼻で笑う。

「父上！　父上も笑ってないで狩って狩って狩りまくってくだしゃいな！」

「む。すまない」

今度はゼストがルシアードを鼻で笑う。

「似た者同士でしゅね」

呆れてアレクシアは一人で歩いていく。すると、血の匂いと不思議な気配がした。

「おい、この気配は……まさか！」

ゼストが二人を置いて先を急ぐと、グリフォンに攻撃されているとても小さな赤いドラゴンがいた。

『うわーーん、痛いでしゅ……！』

「あのちび……竜族だ！」

ゼストはグリフォンを瞬殺して、血だらけの小さいドラゴンに駆け寄り急いで治癒魔法を掛ける。

『あれ～？　痛くない！　……ってうわ！』

小さいドラゴンはゼストに驚きコロコロ転がり、アレクシアの足にぶつかる。

「おっ！　いい獲物が向こうから来てくれたでしゅよ、父上」

「そうだな、狩るか？」

悪い顔の二人にブルブル震える小さいドラゴン。

「やめろ」

「痛いでしゅ！」

拳骨を落とされ悶絶《もんぜつ》しているアレクシアを抱っこして、頭を擦るルシアード。だがルシアードの頭にもたんこぶが出来ていた。ゼストが一瞬の間に殴ったのだ。

「こいつは竜族だ。何でお前みたいなチビがいるんだ！」

『すん……すん……父ちゃんを探してたら迷子になりまちた』

「父ちゃんと一緒に来たのか？　竜族は里から出ないはずだが……」

『父ちゃんは竜族の長《おさ》でしゅ！　いなくなった初代族長を探して里を出まちた……』

「その後を追って迷子になったんでしゅか？」

『あい』

ゼストが目覚めてすぐに里を出てしまったために、里は大騒ぎになり現族長がゼストを探しに里を出た。息子のこのドラゴンも後を追ったが迷子になり、彷徨《さまよ》っていたところをグリフォンに襲われたのだ。

「その族長しゃんの気配、分かりましゅか？」

『うん、この国にいると思うんだ！　匂いがしゅる！』

取り敢えず、このドラゴンを連れてラン達がいる場所に戻ってきた。

「凄い爆発音が聞こえたけど大丈夫なの～？　……って何連れてんのよ！」

「じじいの隠し子でしゅよ」

「あらあら～！」

「真に受けるな！」

すると、ルシアードが無言でアレクシアをゼストから奪い取った。

「アレクシア不足だ」

「栄養みたいに言わないでくだしゃいな！」

デコピンされてもアレクシアを離さないルシアードだった。


「まずは腹ごしらえでしゅね！」

きゅるるると可愛くお腹の虫を鳴らすアレクシアは、ランが広げてくれたシートに座り、サンドイッチを美味しそうに頬張る。

「ああ～！　ランしゃんの味でしゅね～！　美味しい！」

「あらあら、嬉しいことを言ってくれるわね！」

「む。アレクシア、俺もサンドイッチぐらい作れるぞ」

「俺は作れん！　これ、美味いな！」

アレクシア以上に美味しそうに頬張るのはゼストだ。

『もぐもぐ……おいちー！　肉汁がしっとりしたパンに染みて良い味出してましゅよ……もぐもぐ』

「……面白いおちびドラゴンでしゅね」

「ああ、あいつに似ないで面白いガキだな」

「ねぇ～、この子のパパってまさか……」

ゼストの発言を聞いて、ランが何かを言いかけた時だった。微かに懐かしい気配がして、アレクシアは走り出す。白玉も黒蜜も尻尾を振り、嬉しそうについていく。

そしてそこにいたのは、これまた小さい灰色の子犬三匹で、すやすや眠っていた。だが何かを感じ取ったのか一匹が起きてアレクシアを見つめる。

『もしかして主しゃま～？』

「お前は長男のみたらし？　ならそっちは次男のきなこで、こっちは三男のあんこでしゅね！」

『そうでしゅよ！　主しゃま～、うわーーん！　会いたかったよー！』

アレクシアに飛びつくみたらし。その鳴き声で起きたきなことあんこもアレクシアに気付いて飛びついた。

『『主しゃま～！』』

後からついてきたルシアードは何が起こっているのか分からず、ゼストやランは懐かしい者達の登場に驚いている。

「アレクシア、この犬達はまさかまたとんでもない魔物か？」

「フフフ、父上見ていてくだしゃいな！　三兄弟、本来の姿になるのでしゅ！」

『『はい！　へーんーしーーん！』』

三匹は光り始め、暫くするとその光が収まる。そこにいたのは三つの顔が一つの体についた生き物だった。だが大きさはそのままなので、恐いというより可愛い姿だ。

「まさかケルベロスか？」

「そうでしゅよ！　かわかっこいいでしゅよね！」

ケルベロスは魔王の傍にいる魔犬として有名だ。

「この子達はアリアナに懐いちゃってねぇ〜！」

アレクシアと三兄弟、そして白玉と黒蜜は再会を喜びじゃれ合っている。すると、ちびドラゴンがよちよちと近付いていく。

『僕はトトっていいましゅ！　お友達になってくだしゃい！』

『『『いいよーー！』』』

そう言って仲良く遊び始めるおちび達。

アレクシアが遊びの輪を離れると、ルシアードの膝の上でチョコレートケーキを食べさせられることとなった。

「父上、シアは一人で食べれましゅよ」

「む。俺が食べさせたいんだ」

「俺も！　ほら食え！」

ゼストは食べかけのチーズケーキを口に入れようとして、デコピンを食らうことになった。

しかし、穏やかな時間はすぐに終わりを告げる。森の入口付近から凄まじい魔力が猛スピードで向かってきたからだ。

警戒するルシアードだが、ゼストやランは平然としている。アレクシアもこの魔力の持ち主を知っていた。

「まさかこの子のパパって……」

「そのまさかです。相変わらず無礼で品がない娘だ」

その声に皆が振り返ると、赤髪に金色の瞳の野性味溢れる精悍な青年が立っていた。するとじゃれて遊んでいたトトが叫んだ。

『あー！　父ちゃんだ！　うわーーん！』

そう言って青年に飛びつくトト。青年はそんな息子を受け止め抱きしめる。

「お前という奴は！　後で説教だぞ！」

泣きじゃくるトトを抱きしめつつも、青年はゼストの前に跪いた。

「我が長よ、探しました。お目覚めになられてすぐに消えてしまい、我々がどんなに心配したか……気配がして来てみれば、まさか馬鹿娘がいるとは。驚いて混乱していますよ」

「あー……すまん。つい体が動いてな。だがもうお前が族長なんだ、俺はお前なら安心して里を任せられるぞ」

「私は代理に過ぎません。ゼスト様がお目覚めになられて皆が喜んでおります。また族長として……」

「断る」

そう言って黙ってしまうゼスト。

「……断る理由は馬鹿娘ですか？」

「……」

そんな二人の緊迫したやり取りを無視して、食後のティータイムを楽しむアレクシア達。トトも父親から離れてお友達の元へ戻っていく。

「む。先程から俺の愛しい娘を馬鹿娘と言ってるお前、無礼な奴だな」

「本当よ～！　リリィちゃんったら！」

「リリィはやめろ、リリノイスだ。お前もいたのかランゴンザレス」

「おい、ランお姉様って呼べ」

「相変わらず馬鹿娘の周りには馬鹿が集まるな」

そう吐き捨てるトトの父親であり、竜族の現族長リリノイス。アレクシアは立ち上がると彼の足元まで歩いていき、睨み付ける。

「シアのことは何て言ってもいいでしゅが、大事な仲間を馬鹿呼ばわりするのは許せましぇんよ！　……ってかシアを馬鹿呼ばわりするのもやっぱり許さないでしゅ！　みんな、集合ーー！」

『『『『はーーーい！』』』』

尻尾を振り、嬉しそうに横並びするおちび達。

「あら～やるのね？」

「はい。ランしゃん、止めないでくだしゃい！」

「アレクシア、俺も加勢するぞ」

「父上、この子達だけで大丈夫でしゅよ！」

睨み合うアレクシアとリリノイス。緊張感漂う中、ルシアードはいつでも愛娘の援護に回れるように集中する。

「よ～し！　行けでしゅーーーー！」

『『『『わぁーーーい！』』』』

五匹のもふもふ子犬が小走りでリリノイスに飛びかかる。

すると、リリノイスはされるがままに倒れて、子犬達に揉みくちゃにされてしまった。ランとゼストは爆笑するが、ルシアードは一人だけ訳が分からずに唖然とする。

「アレクシア、どういうことだ？」

「父上、奴の弱点はもふもふでしゅ！　リリィしゃんはこんな厳つい見た目でしゅが、もふもふが大好きなんでしゅよ！」

ルシアードは未だにもふもふに溺れて恍惚《こうこつ》とした表情を浮かべる青年を見て、呆れて戦意を喪失《そうしつ》した。

『父ちゃんもみんなと仲良くなりまちたー！』

トトは仲良くなったと思い、喜んで跳びはねている。

「じじい、本当に帰らなくて大丈夫でしゅか？」

「もう俺の時代は終わったんだよ。今はリリノイスという新しい族長がいるんだ。それにここにいて楽しいしな！」

「そうでしゅか。だったらじじい、シアはこれからのじじいの生活費を要求しましゅ」

「はあ？」

「皇宮の部屋代でしゅよ。一ヶ月金貨一枚か、金目のものを寄越せでしゅ！」

「お前って奴は、父親から金を取るのか!? ルシアード！ お前はどういう教育をしてるんだ！」

「む。愛情を持って大事に育てているぞ」

「あら〜、あたしはもう二十年分前払いしているわよ！」

「あ……ああ？ ランゴンザレスからも金を取っているのか！」

「おい！ ランお姉様って呼べ！」

「シアはビジネスを始めたんでしゅよ！ これが家賃《やちん》契約書でしゅ！」

アレクシアは亜空間から手作りの契約書を取り出してゼストに渡す。

「『家賃前払い大歓迎。特典として大家との交流を設けるほか、手作りの食事を振る舞う』……はあ？」

「む。俺も払うから特典を受けたい」

「父上、この契約書にサインしたら交流はもちろん、食事も作りましゅよ」

「サインしよう！」

悪徳商法に引っ掛かっている被害者感漂うルシアードを見て、ゼストは呆れ、ランは腹を抱えて笑う。

「じじい、どうしましゅか？　払えないなら鱗でも良いでしゅよ！」

「払えないのか」と嘲笑するルシアードに腹が立ち、ゼストは勢いで亜空間から大量の宝石を出して契約書にサインしてしまった。宝石と契約書をすぐに懐に仕舞い、ほくそ笑むアレクシア。

そしてゼストのことを忘れ、ひたすらもふもふと戯れるリリノイスであった。


ゼストは一分もしないうちに後悔し始めたが、アレクシアはすでに片付けている。

「もう返しましぇんよ！　じじいのものはシアのもの、シアのものはシアのものでしゅ！」

「どういう理屈だ！」

「む。俺のものはアレクシアのもので、アレクシアのものは俺のものだ」

「お前は黙っててくれ！　ややこしくなる！」

ゼストとアレクシア達が言い争っていると、復活したリリノイスが近付いてきた。その足元には五匹のもふもふが纏わりついている。

『主しゃまに近付くなーーー！』

『『『近付くなーーー！』』』

「どいてください、後でたっぷりともふもふしますのでお持ちください」

『『『『うるちゃーい！』』』』

「みんなもういいよ、戻ってきてだしゃいな！」

『『『『はーーい！』』』』

元気にお返事すると、とことことアレクシアの元へ戻ってくる五匹の子犬達。その後ろをチビドラゴンのトトが追う。

「おい、リリノイス。里はお前に任せる。俺は……もう後悔したくないんだ、娘とあまり過ごせなかった昔のようになりたくない。こんな出来損ないの娘でも最後まで一緒にいたいんだよ」

「ゼスト様……」

「出来損ないでしゅと!?　……そんなこと言うと家賃を増やしましゅよ！」

「アレクシア。お前はまだ三歳なのに賢いな」

「エヘへ〜。父上は分かってましゅね！　……でも家賃はそのままでしゅよ！」

ルシアードはアレクシアの頭を撫でて誉めている。リリノイスはそんな親子にドン引きだ。

「今度の親は甘やかしすぎだな。この馬鹿娘がつけあがるだけですよ」

「リリィしゃん、お黙り！」

「随分態度が大きいな、馬鹿娘。お前が昔やらかしたことをここで話しても良いんだぞ？」

するとアレクシアはうつむいて黙ってしまう。そして——

「うわーーん……リリィしゃんが苛《いじ》める……うわーーん！」

急に泣き出したアレクシアに驚くリリノイス。すると後ろから凄まじい殺気が流れてくる。

「おい、言いすぎだぞ！　もう帰れ！」

「お前殺すぞ」

「本当にねちっこい男は嫌ね～！」

『『『『主しゃまを泣かしたな！』』』』

『父ちゃん……女の子泣かした！』

皆の非難がリリノイスに集中する。ゼストは敵を見るような目付きで睨み付け、ルシアードは今にも攻撃しそうな雰囲気だ。ランも瞳の奥は笑っていない。

「……すみません。言いすぎました……」

「慰謝料《いしゃりょう》を要求しましゅ！」

「何だって？」

「三歳の幼女の心を傷付けた慰謝料でしゅよ！」

呆然とするリリノイス。そんな彼を無視して、アレクシアはまた紙切れを取り出す。

「これにサインして和解でしゅ！」

「……金貨二十枚で和解だと？　ふざけるのも……」

「うう……心が痛いでしゅ」

「おい、アレクシアを傷付けたな。お前の首と金貨を貰うぞ」

「首はいりましぇん！」

「む。首はいらないそうだ」

「ゼスト様、この親子は何なんですか!?」

「逆らうな、面倒だ、諦めろ」

ゼストは遠くを見つめてそう呟く。

「心が痛いだと？　お前がそんな繊細《せんさい》なわけ……」

「うう……！」

急に胸を押さえてフラフラと倒れるアレクシアにルシアードが駆け寄る。

「うう……父上、先立つシアを許ちて……」

「アレクシア、しっかりしろ！」

「最後に……ゴホ……リリィしゃんは悪くないよとみんなに伝えてくだしゃい……」

「俺も一緒に逝《い》く！」

「……おい、もう和解してやれ。じゃないとこれずっと続くぞ？」

ゼストは呆れているリリノイスに言う。

「……分かりました」

「はぁ～シアの心が潤《うるお》っていきましゅ～！」

そそくさと起き上がったアレクシアはすぐに紙を渡してサインさせると金貨を催促する。ルシアードも必死そうだったのが今はケロッとしていた。

「……」

リリノイスが無言で金貨を取り出してアレクシアに渡すと、彼女は受け取り次第仕舞うのだった。

「はぁ……トト、帰るぞ！」

頭を振って帰ろうとするリリノイスだが、トトは動かない。

『父ちゃん、僕ここに残りたいでしゅ！』

更に頭を抱えるリリノイスであった。

4 アレクシア、反省中

今、アレクシアは正座をして反省中である。正面には恐ろしい怒気を放つロインが立っていて、ルシアードも近寄らせない。

「陛下、仕事をしてください。じゃないと当分皇女と会えませんよ」

「む」

アレクシアが気がかりだが、ずっと会えないのは耐えられない。ルシアードは溜まっている仕事を片付けることにした。


遡ること数時間前、トトは帰りたくないと言い出したが、アレクシアはトトを何とか説得し、必ず会いに行くと約束をした。納得したトトはリリノイスと共に帰っていった。

そしてあまり狩りが出来ぬまま皇宮に戻ってきたところで、ルシアード達は待ち構えていたロインとローランドによって執務室に追い立てられたのである。

「仕事が残っていますよ、陛下？」

そしてアレクシアは三匹の新しい仲間をロイン達に紹介して呆れられる。魔国の番犬ケルベロスが目の前にいるだけでもついていけないのに、ゼストの一言でロインの顔色が変わった。

「俺も正式にここに暮らすぞ！　家賃も一生分払っ……」

「じじい！」

アレクシアが止めたが既に遅く、後ろから冷たい視線が突き刺さる。

「皇女、こちらを向きなさい」

アレクシアが恐る恐る振り返ると、そこには笑顔なのに凄まじい怒気を放つロインがいた。

「どういうことか説明してください。いくら皇女がお金に執着しているとはいえ、まさかゼスト様からも……！　自分を育ててくれた恩人からお金を取るとは……皇女、ここに座りなさい！」

「ヒイ！」

ロインの迫力に負けて正座するアレクシア。その横に綺麗に並んで座る子犬達。こうして先ほどの構図が完成したのである。

ルシアードは書類を何とか処理すると、助けに行こうとしてローランドに止められる。

「む。離せ」

「今回おちびはやりすぎた、お前もだぞ！　おちびを思うなら何でも許すんじゃねえよ！」

「……。お前がそんなことを言っても説得力がない」

「だよな……」

落ち込むローランドを無視して考え込むルシアード。亜空間に仕舞っていたアレクシアの手作り家賃契約書を取り出すと、穴が開くんじゃないかというくらい見つめ、それから怒られて涙目のアレクシアを見る。

「ロイン、俺はアレクシアには自由に行動して欲しい。……俺と一緒に」

「陛下は黙っていてください、そしてその契約書は破棄します。いいですね？　皇女」

「うう……はい。すみましぇん、シアが馬鹿ちんでちた。金貨に目がくらんで自分を見失っていまちた……」

アレクシアは立ち上がるとルシアードの元へ行く。

「父上、すみましぇんでちた。お金は返しましゅ」

「アレクシア……俺もお前に甘すぎた。すまない。でも……このお前の手作り家賃契約書は記念に……」

「陛下？」

ロインはルシアードから契約書を奪い燃やす。ショックでルシアードは動けない。家族愛を知らなかった頃の彼には怖いものなどなかったが、今はロインが恐ろしく見える。

アレクシアは、気まずそうに部屋の隅で見ていたゼストの元へ歩いていく。

「じじい……すみましぇん。宝石返しましゅ。これからは罪を償《つぐな》って生きていきましゅ」

「おいおい、大袈裟だぞ。俺も悪かったんだ、そんなに落ち込むな！　な？」

「これからは狩りをして地道に稼ぎましゅ！」

「困りますね、ゼスト様。皇女の親は皆甘やかしすぎです。皇女、まだ話は終わってませんよ？

ここに座りなさい」

「うう……地獄でしゅ……」

数時間後にやっと解放されたアレクシアは、ゼストとルシアードに抱きついて暫く離れなかった。

5　おちび達のバトル

「はぁ……暇でしゅね～」

アレクシアは今、後宮の中庭にあるベンチに横になり空を見上げていた。昨日ロインに説教されて反省中の身の彼女は、当分大人しく過ごそうとしているが、動いていないと落ち着かない。

アレクシアについてきた五匹の子犬達は、そんなアレクシアの葛藤《かっとう》を知ってか知らずか楽しそうに駆け回って遊んでいる。

ルシアードも、落ち込むアレクシアを心配して仕事の合間に頻繁に様子を見に来た。ゼストは中止になった交流証明の打ち合わせのために皇宮にいる。アレクシアは皇宮で暮らしているが、この中庭が好きでたまに後宮まで日向ぼっこしに来るのだ。

『主しゃま～！　大丈夫でしゅか？』

心配した一番上のお兄さん、白玉がやってくる。

「白玉～！　暇でしゅ～！　狩りに行きたい！　遊びに行きたい！　でも伯父上が怖いでしゅ……」

思い出して鳥肌を立てるアレクシアを、白玉がペロペロ舐める。

『確かにあの人間……怖いでしゅ』

腕っぷしで勝っていても、本能で恐れてしまう相手というのはいるものだ。

お互いに頷いていると、突然悪意の気配がした。飛び起きたアレクシアと唸り声を上げる白玉の視線の先には、エリーゼの子である双子の皇女姉妹、カヒルとエメルがいた。

カヒルは激しく吠える黒蜜を無理矢理抱きかかえている。

「カヒル、次貸してよ」

「エメルは他ので遊びなよ」

「壊れないように遊ばないとね」

「そうね」

エメルは残りの三匹を見て選んでいる。そんな二人に近付いていくアレクシアと白玉。アレクシアに気付いた双子が睨み付ける。

「黒蜜を離してくだしゃいな、嫌がっていましゅよ」

「何よ、貸してくれてもいいでしょ！」

「そうよ！　こいつは私達におしっこをかけたのよ！　お仕置きしないと気が済まないわ！」

唸り声を上げ威嚇する四匹。黒蜜はカヒルの指を噛んで素早く離れる。

「痛い！　こいつ噛んだわよ！　母上に言って処分してもらいましょう！」

「え～、でも壊れるまで遊んでからにしましょうよ」

「……そうね」

気味の悪い笑みを浮かべて近寄ろうとする双子の前に、アレクシアが立ち塞がる。

「この子達はシアの大事な仲間でしゅ、近寄らないでくだしゃいな」

「何よ、どきなさい！　父上に少し気に入られているからって！　その内あんたなんか捨てられるわよ？」

「カヒルの言う通りよ。あんたなんか死ねばいいのよ！　誰も悲しまないわ！　あははは」

「……シアは反省中……暴れては駄目……シアは反省中……」

「何ブツブツ言ってるのよ！　早くこいつらを貸しなさい！　飽きたら返すわ、死体になってるかもしれないけど！　私達、遊びすぎちゃうのよね」

「すぐに死んじゃう方が悪いのよ」

「そうね」

二人が一歩踏み出した瞬間、うつむいていたアレクシアが満面の笑みを浮かべて双子に言った。

「遊んでいいでしゅよ。でも遊ぶのはこっちでしゅ！　白玉！　黒蜜！　みたらし！　きなこ！あんこ！　この馬鹿ちん達と本気で遊んであげなしゃい！」

『『『はーーーい！』』』

そして五匹が淡く光ると巨大な真の姿に戻る。全長五メートル以上ある〝獣王《じゅうおう》〟フェンリルと〝地獄の番犬〟ガルム、そして〝魔国の番犬〟ケルベロスが双子を囲む。驚いて腰を抜かすカヒルとエメル。

「な……何で魔物がいるのよ！　誰かーーー！」

「助けてーーー！　殺される！」

ガタガタ震える双子に、今にも襲いかかろうと近付いていく白玉達。

「遊ぶんでしゅよね？　早く遊んだらいいじゃないでしゅか？」

「何なのよ！　何で魔物を飼ってるの！」

「そうよ！　違法よ！　やっぱりあんたは悪魔の子よ！」

「だって父上の子でしゅよ？　……悪魔の子は上手い表現でしゅね」

「む。俺は悪魔じゃないぞ」

いつの間にかルシアード達がやってきていた。その中の一人の冷たい視線を感じ、白玉達は急いで元の姿に戻り、アレクシアの後ろに隠れる。そしてアレクシアもルシアードの後ろにスッと隠れた。

「隠れても遅いですよ、皇女」

「あはは～！　元気でしゅか、伯父上～！」

「そんなに怖がられるとさすがに私も傷付きますよ。何があったかは見ていた者に聞きましたよ」

そう言って、ロインは双子をあの恐ろしい笑顔で見つめる。ルシアードも凄まじい怒気を放っていた。双子は今も腰を抜かして立ち上がれないでいる。

「カヒル！　エメル！」

そこへ双子の母であるエリーゼがやってきたのであった。

「またあなたなの!?　この子達に何をしたの！」

物凄い形相で睨み付けてくるエリーゼは、アレクシアを捕まえようと手を伸ばす。だが、ルシアードが立ちはだかり、逆に腕を捻り上げられる。

「きゃあああ！　痛い！」

「黙れ、先に手を出したのは双子の方だ」

「女官長の報告では、アレクシア皇女の子犬を無理矢理奪おうとしたそうですね」

双子は開き直って叫ぶ。

「それぐらい良いじゃない！　ねぇエメル？」

「そうよ！　すぐに返すって言ったのに！　ねぇカヒル？」

「救いようがないですね」

ロインは呆れて閉口した。

アレクシアは双子の前に立つ。

「駄目な父上と母上を持ったことには同情しましゅが、それでも真面目に生きてるシアみたいな幼女がいるんでしゅよ」

「む。……駄目な……」

「真面目？　誰が？」

ルシアードは落ち込み、ロインは首を捻っていた。

「……。仲直りしましゅよ！」

そんな二人を無視して、アレクシアは双子に手を差し伸べる。だが、双子はアレクシアの小さい手を思いっきり叩き落とす。

「誰が悪魔の子と仲良くするもんですか！　汚い！」

「そうよ！　母上〜！　この犬欲しいのに、悪魔の子が邪魔するの！」

実の母が腕を捻り上げられて苦しそうなのに、そんなことは意に介さず自分達の欲求を主張する。

「あらあら〜！　また事件〜？」

騒ぎを聞きつけたのか、ピンクのスーツがトレードマークのランが空から降りてきて、アレクシアの横に降り立つ。

「どうしたの〜？」

「馬鹿ちんでしゅね！　もう知りましぇんよ！」

ランに頬っぺたをぷにぷにつつかれながら、アレクシアは双子にそう言う。

「またこの親子が何かしたの〜？」

ロインが事情を説明すると、ランの顔色が変わった。

アレクシアがアリアナとして生きていた頃、彼女は大賢者として数々の国を救った。だが、人間達はその強大な力を恐れて、魔物を従えるアリアナを悪魔の子と呼び迫害した。

それでも明るく振る舞うアリアナをランは見ていられず、魔国に来いと何回も誘ったが、アリアナはそれでも人が好きだと断った。当時のことが鮮明に思い出され、ランは怒りに燃える。

「あんな優しい子を……人間は何故！」

「ねぇ、早くそれ貸してよ！」

「そうよ！」

空気をまるで読まない双子は、先程までの恐怖を忘れたのか、アレクシアに詰め寄ろうとするが、ルシアードが近寄らせない。そして、エリーゼ親子に告げた。

「お前とカヒル、エメルは北にある修道院《しゅうどういん》に行け。皇帝の命令だ」

「そんな！　陛下……嘘よ！　嫌よ！　嫌ーーー！」

北の修道院と聞いた途端、錯乱状態になる。それもそのはずで、北の修道院に辿り着くには凶悪な魔物がいる森を抜け、更に極寒の山を二つ越えないとならないのだ。それは死を意味する命令だった。

「私も嫌よ！　父上、母上だけにしてよ！」

「そうよ！　私達は嫌よ！」

双子や泣き叫ぶエリーゼには目もくれず、ルシアードは少し落ち込んで見える娘を優しく抱っこする。

「大丈夫か？」

「シアは人が好きでしゅ……でも人って難しいでしゅね」

「皇女、落ち込まないでください。これから何故、この子犬達が大きくなっていたか聞かないといけませんからね」

にこやかに笑うロインは、こっそり逃げようとしていた子犬達の前に仁王立ちする。

『ご勘弁を～！　うわーーん！』

『『『うわーーー！』』』

「ついでに陛下も教育方針について話し合いましょうか？」

ロインは器用に子犬達を両脇に抱えて、顔面蒼白なアレクシアを抱えたルシアードごと連れていった。そして兵士が三人を連行しようとした時、今まで黙り込んでいたランが、急に三人に笑顔で話しかける。

「北の修道院なんて酷いわね～！　もし良かったらあたしの屋敷で働かない？　こう見えてあたし、公爵なのよ？」

エリーゼは死を免《まぬが》れると思いその話に飛び付く。

だが、三人は知らなかった。ランゴンザレスの家の者はメイドや執事に至るまでアリアナを可愛がっていたことを。そして彼らが〝拷問一族〟と呼ばれていることを。

ランが三人を魔国に連れていく旨をルシアードに伝えると、スムーズに許可が下りた。

「魔王もさぞかし喜ぶわよ～」

ランは満面の笑みで三人にそう言ったのであった。

†

遠い魔国の城で、今、一つの変化が起きようとしていた。美しい中庭を歩く、一人の青年がいる。

黒い百合《ゆり》をじっと見つめていた彼は、ふと何かに気付いた。

「この魔力の気配……アリアナ？」

艶《つや》やかな唇が小刻みに震え、やがて歓喜の吐息を漏らす。

「帰ってきたのか、アリアナ。俺の愛しい恋人よ――！」

アレクシアとルシアードはロインにくどくどと怒られ続けている。

彼らはまだ知らない。魔国の美しい青年がもたらす大事件を。そしてエリーゼとの戦いがまだ終わっていないことを。

アレクシアの冒険者になるという夢が叶うのは、まだまだ先のようである。

番外編　アレクシアと愉快な父親達

エリーゼの事件から数日経ったある日、アレクシアは壮大な計画を立てていた。

「くくく……シアは今から冒険に行きましゅよ」

いつもの冒険者服に着替えて準備万端整ったアレクシアは、足元で尻尾を振る従魔五匹と、浮遊魔法で窓から飛び立った。

何故今日はアレクシアだけなのか？

ルシアードはロインと共にエリーゼの事件の後処理に追われていて、今日は珍しく朝からいない。そしてゼストは久しぶりにロインから解放されて、自室でゆっくりしているはずだ。ランはエリーゼの件で魔国に帰っていて不在だ。

(今がチャンスでしゅ！)

そして現在、部屋にミミズ字の手紙を残して、いつもの森へ狩りに来ていた。

「今日は自由でしゅよ！　狩りに狩って売りましゅよーー！」

『『『『おーー!!』』』』

意気揚々と森に入ろうとしたアレクシアだが、その瞬間に物凄い悪寒《おかん》が全身を襲った。

『主しゃま！　我は嫌な予感がしましゅ！』

『我も！』

白玉と黒蜜がキャンキャンと騒ぎ出した。みたらしやきなこ、あんこも警戒する。

くるくると目が回るくらい辺りを見回すが誰もいない。気のせいかと前を向いたアレクシアの前に、音も気配もなくとある人物が立っていた。

「ぎゃああ！　悪魔でしゅ!!　悪霊《あくりょう》退散ーー!!」

「む。悪魔でも悪霊でもないぞ。お前の父親だ」

「……何でここにいるんでしゅか！　仕事はどうしたんでしゅか！」

皇宮で政務に追われているはずのルシアードがいることに納得がいかないアレクシア。

「俺の仕事は終わらせた。後はロインにも出来るからな」

「ああ、ロイン伯父上に後で良い胃薬を渡しましゅ！」

天に向けて祈るアレクシア。

『主しゃま！　ロインは死んでましぇんよ！』

「はっ！」

黒蜜に言われてハッとするアレクシア。ロインが心配されて面白くないルシアードは彼女を抱っこする。

「父上！　シアは久しぶりに狩りに行くんでしゅ！　だから皇宮の執務室で大人しく待っていてく

だしゃいな！」

「む。俺も行くぞ」

無表情にしか見えないルシアードだが、アレクシアには嬉しそうなのが分かり複雑な気分になる。

「はぁ……大人しくしていてくだしゃいね！　あと、気配を消したままにしていてくだしゃいよ!!」

「ああ、では行こう」

歩き出したルシアードとアレクシアだが、またしても強烈な悪寒を感じて後ろを振り返った。

「ぎゃああ！　鱗お化けーー！　鱗を寄越せでしゅ!!」

「鱗お化けだと!?　相変わらず失礼な娘だな!!」

そこには自室でゆっくりしているはずのゼストがいた。

「もう！　結局こうなるんでしゅか!!」

ルシアードとゼストに挟まれて歩くアレクシアは、文句を言いながらも進んでいた。従魔達は嬉しそうに先頭をちょこちょこと歩いている。

「いいでしゅか？　分かっているとは思いましゅが、狩った獲物はシアのものでしゅよ!!　二人のものはシアのもの！　シアのものはシアのものでしゅ」

「ああ、たくさん狩ってやる」

「俺に任せ……」

「馬鹿ちんでしゅか!!」

ゼストも意気込みを言いかけたが、アレクシアに怒られて呆気に取られる。

「じじいはダメでしゅよ！　じじいが手を出したら森がなくなりましゅ!!」

「手加減するわ！」

「む。アレクシア、俺もこの森くらい一瞬で消せるぞ？」

何故かゼストに張り合おうとするルシアードを、アレクシアが軽いパンチで黙らせていた時、女性の悲鳴のような声が聞こえた。

「ん!?　事件でしゅか!!」

いち早く浮遊したアレクシアが悲鳴のした方へ行くと、そこには戦闘中の冒険者達がいた。男性三人が一人の女性を庇って必死に戦っているが、相手が悪かった。

もっと森の奥深くにいるはずのA級ランクの魔物、〝キングオーガ〟だった。オーガの王で通常のオーガの倍はあり、知能もかなり高い。キングオーガは複数のオーガを引き連れて冒険者達を襲っていた。

「助太刀《すけだち》致しましゅよ！」

アレクシアは戦闘中の冒険者達に声をかけたが、急に現れた幼子と小さな子犬五匹に、冒険者とオーガ達は驚いた。

「何でこんなところに子供がいるんだ!?　ここは危険だから離れろ！」

リーダー格の金髪碧眼《へきがん》のイケメンがアレクシアに避難を促すが、屈強な大男が何かに気付いた。

「おい！　こいつはあのシアじゃねーか!?」

「シア……あの幼いC級冒険者!?」

金髪碧眼イケメンがアレクシアに近付こうとしたが、オーガ達が行く手を阻《はば》む。そしてオーガ達の後ろにいたキングオーガが、アレクシアの元に歩いてきた。

『子供は危険だ。早く逃げろ』

何故か冒険者達から庇うように立って、アレクシアを守ろうとするキングオーガ。これは何か事情があるに違いないと感じたアレクシアは、丁度良いタイミングでやってきたルシアードとゼストに駆け寄った。

「父上！　じじい！　冒険者を捕まえてくだしゃい！」

「何でだ!!」

緊迫した状況なのも忘れて、ついツッコんでしまう金髪碧眼のイケメンと屈強な大男。

だが、アレクシアはずっと黙っている茶髪の大人しそうな男性と、薄い桃色の髪をツインテールにした可愛らしい女性を、疑わしげに見つめつつ問いかける。

「そこの人！　その大事そうに背負っている袋は何でしゅか!!　シアに見せなしゃい!!」

「む。アレクシア、あいつは誰だ？」

ルシアードはそこにいる男達を警戒する。

「おっ！　キングオーガか!!　珍しいな!!」

ゼストは楽しげに観察していた。

「何だよ！　関係ないだろ!!」

茶髪の男性は背負っていた袋を隠すようにして後ずさる。女性はというと、ルシアードとゼストに視線が釘付けだ。

「キングオーガしゃんはその袋を狙ってましゅよ！　返せば帰ってくれましゅよね？」

『ああ。我は争いを好まない。だが、大事なものを奪われた！　返せ、人間!!』

キングオーガとアレクシアに追い詰められた茶髪の男性は、恐怖のあまり袋を落としてしまった。アレクシアはすかさずその袋を開けて中身を確認した。そこには黄金に輝く大きな王冠が入っていた。つい手が伸びそうになったアレクシアだが、我に返ってキングオーガに袋をそのまま渡した。

「キングオーガしゃんの王冠でしゅか？」

『ああ。代々受け継ぐ大切な王冠だ。ありがとう、子供よ』

キングオーガはアレクシアに礼を言うと王冠を頭に載せ、仲間を引き連れて森の奥に帰っていった。

その光景を黙って見ている冒険者達は、未だに震えている茶髪の男性を問い詰める。

「おい！　王冠を盗んだのか!?　相手はキングオーガだぞ!!　俺達はまだC級になったばかりなのに無謀なことをしやがって！」

屈強な大男が茶髪の男性の胸ぐらを掴む。

「だっ……だってあんなところにキングオーガがいるとは思わなかったんだよ！　でも王冠を横に置いて眠っていたから、そっと盗めば気付かれないかなって……あれを売ったら俺達は大金持ちになれたんだ!!」

「お前の欲のせいで皆が危険な目に遭った。シアが来なければ俺達は殺されていたかもしれない」

金髪碧眼のイケメンの言葉に、崩れ落ちる茶髪の男性。そんな状況にもかかわらず、あのツインテールの女性は頬を染めてルシアードとゼストを見ていた。

「シア、ありがとう。お前のお陰でキングオーガと戦わなくて済んだ」

金髪碧眼のイケメンと屈強な大男がアレクシアに頭を下げる。

「いいでし……」

「あのぉ～、助けて頂いてありがとうございますぅ～」

アレクシアの言葉を遮って、ツインテールの女性がルシアードとゼストに猫撫で声で礼を言う。

「む。俺じゃなくてアレクシアに礼を言うべきだろう」

「そうだな。俺達は何もしていないからな」

二人は厳しい視線を女性に向けるが、彼女は鈍感なのか気付かずにアレクシアをチラリと見る。

「ああ、ありがとうね、おちびちゃん」と鼻で笑う女性。

「おちびちゃんでしゅと!!」

睨み合うアレクシアとツインテールの女性。

「お二人は何でこんなおちびちゃんと一緒にいるんですかぁ～?」

挑発するように「おちびちゃん」と連呼する女性だが、アレクシアが猛抗議する前に辺りが冷気に包まれた。ルシアードとゼストが魔力を解放したのだ。周りの魔物が一斉に逃げ、騒がしい。

金髪碧眼のイケメンと屈強な大男は凄まじい魔力に圧倒されて動けない。茶髪の男性はもう既に気絶していた。

猫撫で声で擦り寄ろうとしていた女性は、ルシアードとゼストの怒りを集中的に受けて、ガクガク震えていた。

「アレクシアが嫌がっているだろ？」

「確かにおちびちゃんだが、言っていいのは俺だけだ！」

「二人とも落ち着いてくだしゃいな！　これはシアとこのツインテールの戦いでしゅ!!」

そう言って二人を宥めると、アレクシアは足元で激しく威嚇する従魔達も下がらせた。

「シアは確かにおちびちゃんかもしれましぇんが、将来はナイシュバデーになる予定でしゅから!!」

そう言ってふんぞり返るアレクシアを見て爆笑するゼストだが、睨まれてすぐに黙る。

「分かりまちたか!?」

アレクシアの後ろに控えている恐ろしい顔をしたルシアードとゼストと目が合い、女性は勢い良く首を縦に振る。

それから冒険者達は改めてアレクシアに礼を言うとその場を後にした。ツインテールの女性と茶髪の男性はずっと下を向いてブルブルと震えて、最後までこちらを見ようとしなかった。

「さてと！　シア達も狩りを再開しましゅよ!!」

そう意気込むアレクシアだったが、最強の悪魔の接近に気付いていなかった。

「ああ、皇女。狩りはまた後にしてもらいます」

その悪魔は笑顔だったが、目が一切笑っていなかった。

「何で伯父上がいるんでしゅか!!　嫌な予感がしましゅ!!　皆の者、であえー！　であえー!!」

そう言ってルシアードとゼストを前に突き出すアレクシア。

「お二人とも、そこを退いて頂けませんか？」

「む。アレクシアは俺が守るぞ。ロイン、死んでくれ」

「陛下、これ以上邪魔するのでしたら、皇女と二週間は会えないスケジュールを組みますよ？」

そう言われて葛藤するルシアードは、暫くの沈黙の後、そっと横に退いた。

「父上ーー!!」

まさかの裏切りに衝撃を受けるアレクシア。

「情けない父親だな！　俺が守って……」

「ゼスト様、明日から人間とは何であるかの講義を毎日十時間……」

「やれん！　すまない!!」

ゼストもすぐに横に退いた。

「情けない父親でしゅね……いいでしゅ……シアには可愛い五匹がいましゅ！」

アレクシアが足元を見ると、従魔達はもう降参のポーズをとっていた。

「…………。もう！　ロイン伯父上！　シアは何もしてないでしゅよ!!　かかってこいでしゅ!!」

そう言いながらも目が泳いでいるアレクシアを、冷たい目で見ているロイン。

「皇女、中庭に落とし穴を作りましたね？　そこにイヤーミ伯爵が落ちて大怪我をしました」

「シ……シアは知りましぇん！」

「……まぁ良いでしょう。皇宮にはイヤーミ伯爵に対する抗議が殺到《さっとう》していました。帝国民への横暴な態度や暴力行為の数々の容疑で、我々も彼を拘束しようとしていた矢先でした。確か皇女が仲良くしている女官の父親が、イヤーミ伯爵に怪我をさせられたと聞きました。確かにイヤーミ伯爵が悪いですが、女官の父親も貴族に対して横柄《おうへい》な態度を……」

「伯父上は馬鹿ちんでしゅか!!　カミーユの父しゃんは何も悪いことはしていましぇんよ！　カミーユがしつこく言い寄られていたから庇ったんでしゅ！　なのにあのハゲ親父が部下を使って暴力を振るったんでしゅよ！　シアはその仕返しをしたまででしゅ!!　ドヤっ！　…………はっ！」

誘導尋問にまんまと引っかかったアレクシアは、バツが悪そうにロインの様子を窺う。

「はぁ……皇女がやったことは、他に怪我人が出るかもしれない危険なことです」

「あい。シア、反省」

「む。アレクシアはその女官のために仕返しをしたんだ」

「そうだぞ！　確かに危険な行為だが、俺はお前が誇らしいぞ!!」

そう言って、アレクシアを励ますルシアードとゼスト。

「ええ。皇女の気持ちは理解出来ます。我々がもう少し早く拘束していれば、と私も反省しています」

エリーゼの一件で忙しかったが、そんなことは理由にならない。ロインは、やり方こそ過激だがアレクシア皇女の優しさを充分に理解していた。とはいうものの、それはそれ、これはこれ。

「ですが、危険な行為をしたのは事実です。立派な志《こころざし》をお持ちの皇女は、どうすべきか分かりますね？」

その時のロインの清々しい笑顔を、アレクシアは一生忘れないだろう。

それからアレクシアは、泥だらけになって中庭の穴を綺麗に埋める羽目になり、作業は三日を要したという。ロインの付け加えた「あ、もちろん魔法は禁止で」という悪魔的一言により、延々と手作業で埋めることになったのだった。

「…………どんだけ深い穴なんでしゅか!!　シアの馬鹿ちん！」

風波しのぎ
Kazanami Shinogi
シリーズ累計
250万部!
(電子含む)
THE NEW GATE
ザ・ニュー・ゲート
01~22
2024年 待望の
TVアニメ化!
コミックス
1~13巻
好評発売中!
デスゲームと化したVRMMO−RPG「THE NEW GATE」は、最強プレイヤー・シンの活躍により解放のときを迎えようとしていた。しかし、最後のモンスターを討った直後、シンは現実と化した500年後のゲーム世界へ飛ばされてしまう。デスゲームから“リアル異世界”へ——伝説の剣士となった青年が、再び戦場に舞い降りる!
漫画：三輪ヨシユキ
各定価：748円(10%税込)
デスゲームから500年後のゲーム異世界へ
絶対覇者降臨
新たなる無双伝説開幕!!
シリーズ累計15万部!
大人気ファンタジー待望のコミカライズ!
各定価:1320円(10%税込)
~22巻好評発売中!
illustration：魔界の住民(1~9巻)
KeG(10~11巻)
晩杯あきら(12巻~)
アルファポリスHPにて大好評連載中!
アルファポリス 漫画
検索

Re:Monster
リ・モンスター
1〜8.5〜9・外伝
暗黒大陸編1〜3
金斬児狐
Kanekiru Kogitsune
シリーズ累計
150万部
(電子含む)
突破!
TVアニメ化
決定!!
ネットで話題沸騰
怪物転生
ファンタジー
最弱ゴブリンの下克上物語 大好評発売中!
Re:Monster
リ・モンスター
金斬児狐
転生したのはまさかの最弱ゴブリン!?
【小説】
1〜9巻/外伝/8・5巻
新章
Re:Monster
暗黒大陸編
リ・モンスター
1
最弱ゴブリン 最強黒鬼 そして新世界の伝説へ!
新たな旅が今始まる!
65万部!
新シリーズ!
【小説】
1〜3巻(以下続刊)
◉各定価:1320円(10%税込)
◉illustration:ヤマーダ
◉各定価:1320円(10%税込)
◉illustration:NAJI柳田
コミカライズも大好評
Re:Monster
リ・モンスター
1
転生したのは…最弱ゴブリン!?
異世界下克上
サバイバルファンタジー
累計23万部突破!!
待望のコミカライズ!!
◉各定価:748円(10%税込)
◉漫画:小早川ハルヨシ

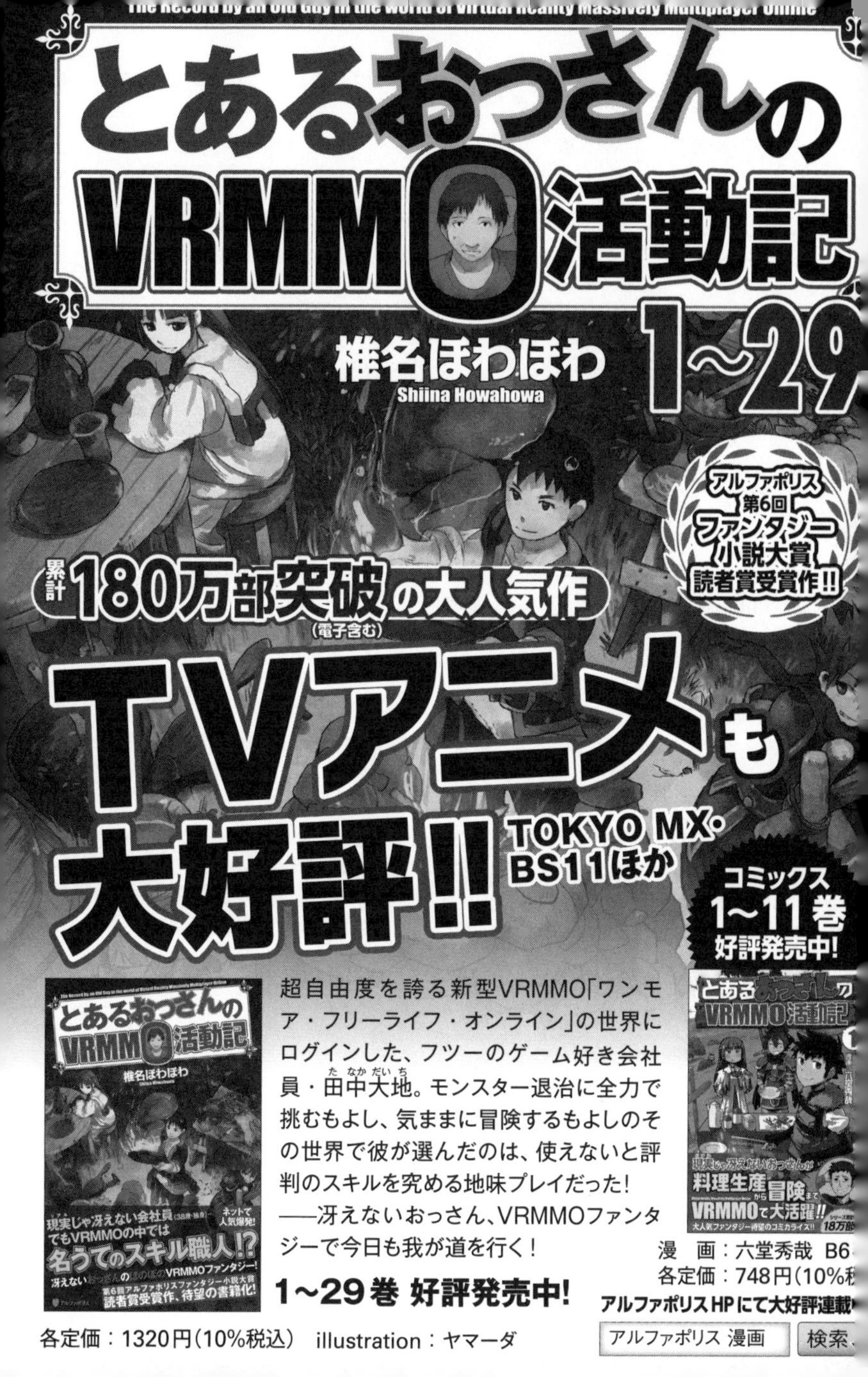

The Record by an Old Guy in the World of Virtual Reality Massively Multiplayer Online
とあるおっさんのVRMMO活動記
1~29
椎名ほわほわ
Shiina Howahowa
アルファポリス 第6回 ファンタジー小説大賞 読者賞受賞作!!
累計180万部突破（電子含む）の大人気作
TVアニメも大好評!!
TOKYO MX・BS11ほか
コミックス 1~11巻 好評発売中!
とあるおっさんのVRMMO活動記
椎名ほわほわ
現実じゃ冴えない会社員(38歳・独身)でもVRMMOの中では名うてのスキル職人!?
ネットで人気爆発!
冴えないおっさんのほのぼのVRMMOファンタジー!
第6回アルファポリスファンタジー小説大賞 読者賞受賞作、待望の書籍化!
超自由度を誇る新型VRMMO「ワンモア・フリーライフ・オンライン」の世界にログインした、フツーのゲーム好き会社員・田中大地《たなかだいち》。モンスター退治に全力で挑むもよし、気ままに冒険するもよしのその世界で彼が選んだのは、使えないと評判のスキルを究める地味プレイだった!
――冴えないおっさん、VRMMOファンタジーで今日も我が道を行く!
1~29巻 好評発売中!
各定価：1320円（10%税込）　illustration：ヤマーダ
とあるおっさんのVRMMO活動記
現実じゃ冴えないおっさんが料理生産から冒険までVRMMOで大活躍!!
大人気ファンタジー待望のコミカライズ!!
漫　画：六堂秀哉　B6
各定価：748円（10%
アルファポリスHPにて大好評連載
アルファポリス 漫画　検索

この作品に対する皆様のご意見・ご感想をお待ちしております。

おハガキ・お手紙は以下の宛先にお送りください。

【宛先】

〒150-6008 東京都渋谷区恵比寿 4-20-3 恵比寿ｶﾞｰﾃﾞﾝﾌﾟﾚｲｽﾀﾜｰ 8F
（株）アルファポリス　書籍感想係

メールフォームでのご意見・ご感想は右のＱＲコードから、
あるいは以下のワードで検索をかけてください。

アルファポリス　書籍の感想　検索

ご感想はこちらから

本書は Web サイト「アルファポリス」（https://www.alphapolis.co.jp/）に投稿されたものを、
改題、改稿、加筆のうえ、書籍化したものです。

転生皇女《てんせいこうじょ》は冷酷皇帝陛下《れいこくこうていへいか》に溺愛《できあい》されるが 夢《ゆめ》は冒険者《ぼうけんしゃ》です！

akechi（あけち）

2023年　12月　31日初版発行

編集－矢澤達也・芦田尚
編集長－太田鉄平
発行者－梶本雄介
発行所－株式会社アルファポリス
〒150-6008 東京都渋谷区恵比寿4-20-3 恵比寿ｶﾞｰﾃﾞﾝﾌﾟﾚｲｽﾀﾜｰ8F
TEL 03-6277-1601（営業）　03-6277-1602（編集）
URL https://www.alphapolis.co.jp/
発売元－株式会社星雲社（共同出版社・流通責任出版社）
〒112-0005 東京都文京区水道1-3-30
TEL 03-3868-3275
装丁・本文イラスト－柴崎ありすけ
装丁デザイン－AFTERGLOW
印刷－中央精版印刷株式会社

価格はカバーに表示されてあります。

落丁乱丁の場合はアルファポリスまでご連絡ください。

送料は小社負担でお取り替えします。


ISBN978-4-434-33103-9　C0093